KB060752

바람의 노래를 들어라

風の歌を聽け

바람의

노래를

들어라

무라카미 하루키

장편소설

윤성원 옮김

문학사상

이 소설을 쓰기 시작한 계기는 실로 간단하다.

갑자기 무언가가 쓰고 싶어졌다. 그뿐이다.

정말 불현듯 쓰고 싶어졌다.

차례

바람의 노래를 들어라
11

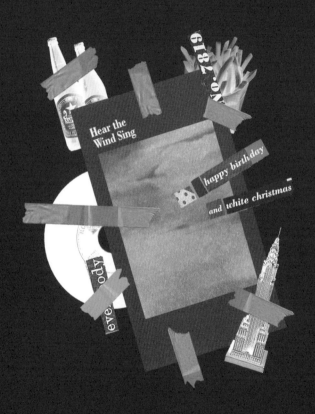

Hear the
Wind Sing

happy birth day

and white christmas

NO.-7819

1

"완벽한 문장 같은 건 존재하지 않아. 완벽한 절망이 존재하지 않는 것처럼……."

내가 대학생 때 우연히 알게 된 어떤 작가는 내게 이렇게 말했다. 내가 그 참뜻을 이해하게 된 것은 그로부터 한참이 지난 뒤의 일이지만, 당시에도 최소한 그 말은 내게 일종의 위안이 되기는 했다. 완벽한 문장 따윈 존재하지 않는다,라는.

그래도 역시 뭔가를 쓰려고 하면 언제나 절망적인 기분에 사로잡혔다. 내가 쓸 수 있는 영역은 너무나도 한정되어 있었기 때문이다. 예를 들면 코끼리에 대해서는 뭔가를 쓸 수 있다 해도, 코끼리 조련사에 대해서는 아무것도 쓸 수 없을지 모른다. 말하자면 그런 뜻이다.

8년 동안 나는 계속 그런 딜레마에 빠져 있었다. 8년 동안. 긴 세월이다.

물론 모든 것으로부터 무엇인가 배우려는 자세를 유지하고 있는 한, 나이를 먹고 늙어간다는 게 그렇게 고통스러운 일은 아니다. 하지만 그것은 일반론이다.

스무 살이 좀 지났을 때부터 나는 줄곧 그런 삶의 방식을 가지려고 노력해왔다. 그 때문에 타인으로부터 여러 번 뼈아픈 타격을 받고, 기만당하고, 오해받고, 또 동시에 많은 이상한 체험을 하기도 했다.

　다양한 사람이 찾아와서 내게 말을 걸었고, 마치 다리를 건너듯 발소리를 내며 내 위를 지나가고 나서는 두 번 다시 돌아오지 않았다. 나는 그동안 입을 꼭 다물고 아무 말도 하지 않았다.

　그런 식으로 나는 이십대의 마지막 해를 맞았다.

　이제 나는 이야기를 하려고 한다.

　물론 문제는 무엇 하나 해결되지 않았으며, 이야기를 끝낸 시점에서도 어쩌면 사태는 똑같을지 모른다. 결국 글을 쓴다는 건 자기 요양을 위한 수단이 아니라 자기 요양을 위한 사소한 시도에 불과하기 때문이다.

　그러나 정직하게 이야기하는 것은 여간 어려운 일이 아니다. 내가 정직해지려고 하면 할수록 정확한 언어는 어둠 속 깊은 곳으로 가라앉아버린다.

　변명할 생각은 없다. 적어도 내가 여기서 하는 이야기는 현재의 나로서는 최선을 다한 것이다. 덧붙일 건 아무엇도 없다. 그래도 나는 이렇게도 생각하고 있다. 잘만 되면 먼 훗날에, 몇 년이나 몇십 년 뒤에 구원받은 자신을 발견할 수 있을지도 모른다고 말이다. 그때가 되면 코끼리는 평원으로 돌아가고, 나는 더 아름다운 말로 세계를 이야기하기 시작할 것이다.

⊙

나는 글에 관한 많은 것을 데릭 하트필드에게서 배웠다. 거의 전부라고 해야 할지도 모른다. 그러나 불행하게도 하트필드 자신은 모든 의미에서 '불모'의 작가였다. 그의 책을 읽어보면 알 수 있다. 문장은 읽기 힘들고, 스토리는 엉망이고, 테마는 치졸하다. 그럼에도 불구하고 하트필드는 글을 무기로 싸울 수 있는, 몇 안 되는 뛰어난 작가 중 하나였다. 헤밍웨이, 피츠제럴드 같은 동시대의 작가와 견주어도 하트필드의 그 전투적인 자세는 결코 뒤지지 않을 거라고 나는 생각한다. 다만 유감스럽게도 하트필드 자신은 마지막까지 자기가 싸우는 상대의 모습을 명확하게 포착하지 못했다. 결국 불모라는 건 그런 뜻이다.

8년 2개월, 하트필드는 그런 불모의 싸움을 계속하다가 죽었다. 1938년 6월의 어느 맑게 갠 일요일 아침, 그는 오른손으로는 히틀러의 초상화를 끌어안고 왼손으로는 우산을 펴들고 엠파이어스테이트 빌딩 옥상에서 뛰어내렸다. 그가 살아 있었다는 사실과 마찬가지로 죽었다는 사실도 그리 대단한 화제는 되지 못했다.

　내가 절판된 하트필드의 첫 번째 단행본을 우연히 손에 넣은 건 다리 사이에 심한 피부병을 앓던 중학교 3학년 여름방학 때였다. 내게 그 책을 줬던 작은아버지는 3년 뒤 장암으로 온몸이 갈기갈기 찢기고, 몸의 입구와 출구에는 플라스틱 파이프를 끼운 채 끝까지 고통받다가 돌아가셨다. 내가 마지막으로 작은아버지를 보았을 때, 그는 마치 교활한 원숭이처럼 검붉은 빛깔로 심하게 쪼그라들어 있었다.

◉

　나에겐 작은아버지가 세 분 있었는데, 한 분은 상하이의 교외에서 돌아가셨다. 전쟁이 끝나고 이틀 뒤에 자신이 묻었던 지뢰를 밟았다. 단 한 분, 유일하게 아직까지 살아 있는 셋째 작은아버지는 마술사가 되어 전국 방방곡곡을 돌아다니고 있다.

⊙

하트필드는 좋은 글에 대해 이렇게 썼다.

"글을 쓰는 작업은 단적으로 말해서 자신과 자신을 둘러싼 사물 사이의 거리를 확인하는 일이다. 필요한 건 감성이 아니라 '잣대'다."(『기분이 좋으면 왜 안 되는데?』, 1936)

내가 한 손에 잣대를 들고 겁에 질려서 주위를 바라보기 시작한 것은 분명히 케네디 대통령이 죽은 해부터다. 그로부터 벌써 15년이나 지났다. 15년 동안 나는 참으로 많은 걸 내팽개쳐왔다. 마치 엔진이 고장 난 비행기가 무게를 줄이기 위해 짐을 내던지고, 좌석을 뜯어버리고, 마지막에는 불쌍한 남자 승무원을 내몰듯이, 15년 동안 나는 온갖 것을 다 내팽개치고 거의 아무것도 몸에 지니지 않았다.

그렇게 하는 것이 과연 옳았는지 나로서는 확신할 수가 없다. 편해진 건 분명하지만 나이 들어 죽음을 맞이하려고 할 때, 도대체 나에게 무엇이 남아 있을까를 생각하면 두렵기 짝이 없다. 나를 화장한 뒤에는 뼈 하나 남지 않을 것이다.

살아생전 할머니는 언제나 이렇게 말씀하셨다.

"어두운 마음을 가진 사람은 어두운 꿈만 꾸지. 더욱 어두운 마음을 가진 사람은 꿈조차 꾸지 않는단다."

할머니가 돌아가신 후 내가 제일 먼저 한 일은 팔을 뻗어 살며시 할머니의 눈을 감겨준 것이었다. 그와 동시에 79년 동안이나 품어왔던 할머니의 꿈은 여름날 도로에 떨어진 소나기 빗방울처럼 흔적도 없이 조용히 사라져 무엇 하나 남지 않았다.

⊙

다시 한번 글에 대해 쓰겠다. 이것이 마지막이다.

내게 글을 쓰는 일은 몹시 고통스러운 작업이다. 한 달 동안 한 줄도 쓰지 못할 때가 있는가 하면, 사흘 밤낮을 계속 썼는데 그 모두가 엉뚱한 내용인 경우도 있다.

그럼에도 불구하고 글을 쓰는 일은 즐거운 작업이기도 하다. 삶이 힘든 것에 비하면 글에 의미를 부여하는 건

너무나도 간단하기 때문이다.

십대 무렵이었을까, 나는 그런 사실을 깨닫고 일주일쯤 말도 할 수 없을 만큼 놀란 적이 있다. 조금은 약삭빠르게 굴면 세상은 내 뜻대로 되고, 모든 가치는 전환되고, 시간은 흐름을 바꾼다…… 그런 느낌이 들었다.

그것이 함정이었음을 깨달은 건, 불행하게도 훨씬 나중의 일이다. 나는 노트 한가운데에 줄을 하나 긋고 왼쪽에는 그동안 얻은 것을, 오른쪽에는 잃은 것을 썼다. 잃은 것, 짓밟아버린 것, 벌써 오래전에 버린 것, 희생시킨 것, 배반한 것…… 나는 그것들을 끝까지 다 쓸 수가 없었다.

우리가 인식하려고 노력하는 것과 실제로 인식하는 것 사이에는 심연이 가로놓여 있다. 어떤 긴 잣대로도 그 깊이를 측정할 수가 없다. 내가 여기에 기록할 수 있는 건 단지 리스트일 뿐이다. 소설도 아니고, 문학도 아니고, 예술도 아니다. 한가운데에 선이 한 줄 그어진 노트 한 권이다. 교훈이라면 조금은 있을지도 모르겠다.

만약 당신이 진정한 예술이나 문학을 원한다면 그리스 사람이 쓴 책을 읽으면 된다. 참다운 예술이 탄생하기 위해서는 노예제도가 꼭 필요하기 때문이다. 고대 그리스에서는 노예가 밭을 갈고 식사를 준비하고 배를 젓는 동안, 시민은 지중해의 태양 아래서 시작詩作에 전념하고 수학과 씨름했다. 예술이란 그런 것이다.

모두가 잠든 새벽 세 시에 부엌 냉장고를 뒤지는 사람은 이 정도의 글밖에는 쓸 수 없다.

그게 바로 나다.

2

이 이야기는 1970년 8월 8일에 시작해서 18일 뒤, 그러니까 같은 해 8월 26일에 끝난다.

3

"부자 놈들은 모두 엿이나 먹어라."

쥐는 카운터에 두 손을 짚은 채 나를 향해 우울한 표정으로 그렇게 소리 질렀다.

어쩌면 쥐가 소리친 상대는 내 뒤에 있는 커피 그라인더였는지도 모른다. 나와 쥐는 카운터 앞에 나란히 앉아있어서 나를 향해 일부러 고함칠 필요는 전혀 없었기 때문이다. 어쨌든 쥐는 큰소리를 치고 나더니 평소처럼 만족스러운 얼굴로 맥주를 맛있게 들이켰다.

주위에 있는 어느 누구도 쥐가 내지른 큰소리에 신경쓰지 않았다. 좁은 가게는 손님이 넘쳐날 지경이었고 너나 할 것 없이 모두 소리를 질러대고 있었기 때문이다. 마치 침몰 직전의 여객선 같은 광경이었다.

"진드기라고."

쥐는 그렇게 말하고 나서 지겹다는 듯이 고개까지 흔들었다.

"놈들은 도대체가 아무것도 할 줄 몰라. 돈 많은 체하는 녀석들을 보고 있으면 구역질이 난다니까."

나는 얇은 맥주잔 가장자리에 입술을 댄 채 잠자코 고개를 끄덕였다.

쥐는 입을 다물고 카운터에 올려놓은 가느다란 손가락을 모닥불이라도 쬐듯 몇 번이나 이리저리 뒤집으면서 꼼꼼히 들여다봤다.

나는 단념하고 천장을 올려다봤다. 쥐는 열 손가락을 차례차례 찬찬히 다 점검하기 전에는 다음 이야기를 시작하지 않는다.

언제나 그렇다.

여름 내내 나와 쥐는 마치 무엇인가에 홀린 것처럼 25미터 풀을 가득 채울 정도의 맥주를 퍼마셨고, 제이스 바의 바닥에 5센티미터는 쌓일 만큼의 땅콩 껍질을 버렸다. 그때는 그렇게라도 하지 않으면 살아남지 못할 정도로 지루한 여름이었다.

제이스 바의 카운터에는 담뱃진 때문에 변색된 판화가 한 장 걸려 있었는데, 나는 따분해서 견딜 수 없을 때면 몇 시간이고 질리지 않고 그 판화를 계속 바라봤다. 마치 로르샤흐 테스트에라도 사용될 것 같은 그 도안은, 내가 보기엔 서로 마주 보고 앉은 두 마리의 녹색 원숭이가 바람이 빠지기 시작한 두 개의 테니스공을 서로에게 던지고 받는 것 같았다.

바텐더 J에게 그렇게 말하자, 그는 한참 동안 뚫어져라 그 판화를 바라보더니 듣고 보니 그런 것도 같다며 시큰둥하게 대답했다.

"무엇을 상징하는 걸까요?"

"왼쪽 원숭이가 자네고, 오른쪽이 나겠지. 내가 맥주병을 던지면, 자네가 술값을 던져주고."

나는 감탄하며 맥주를 마셨다.

"구역질이 난다고."

쥐는 손가락을 한 차례 점검하고 나더니 그렇게 되풀이했다.

쥐가 부자들을 욕하는 건 어제오늘 일이 아니고, 또 실제로도 몹시 증오하고 있었다. 쥐의 집안은 상당한 부자였지만, 내가 그 사실을 지적할 때마다 쥐는 으레 "내 탓이 아니야" 하고 말했다.

이따금(대개는 맥주를 지나치게 많이 마셨을 때지만) 나는 "아니, 네 탓이야" 하고 말했는데, 그러고 난 다음에는 어김없이 기분이 언짢아지곤 했다. 쥐의 주장에도 일리가 있었기 때문이다.

"왜 내가 부자들을 싫어한다고 생각해?"

그날 밤 쥐는 그렇게 물었다. 그렇게까지 이야기가 진전된 건 처음이었다.

모르겠다는 식으로 나는 고개를 흔들었다.

"분명히 말해서 부자들은 아무것도 생각하지 않아. 손전등과 잣대가 없으면 자기 엉덩이도 긁지 못한다고."

'분명히 말해서'란 쥐가 걸핏하면 내뱉는 말버릇이었다.

"그래?"

"응. 녀석들은 중요한 일은 아무것도 생각하지 않아. 생각하는 시늉만 할 뿐이지…… 왜 그런 것 같아?"

"글쎄."

"생각할 필요가 없기 때문이지. 물론 부자가 되기 위해서는 약간의 머리가 필요하지만, 계속 부자로 있기 위해서는 아무것도 필요하지 않아. 말하자면 인공위성에 휘발유가 필요 없는 것과 같은 논리지. 빙글빙글 같은 곳을 돌기만 하면 되는 거야. 하지만 나나 너는 그렇지가 않아. 살아가기 위해서는 계속 생각해야 하거든. 내일 날씨에서 욕조의 마개 사이즈까지 말이야. 안 그래?"

"그건 그래."

"그런 거야."

쥐는 하고 싶은 말을 다 하자 주머니에서 휴지를 꺼내 재미없다는 듯이 소리를 내며 코를 풀었다. 도대체 어디까지가 쥐의 본심인지 나는 알 수 없었다.

"하지만 결국은 모두 죽어." 나는 시험 삼아 그렇게 말해 봤다.

"그야 물론이지. 모두들 언젠가는 죽지. 하지만 말이야, 그때까지 오십 년은 더 살아야 하고, 여러 가지 일을 생각하면서 오십 년을 사는 건 분명히 말해서 아무것도 생각하지 않고 오천 년을 사는 것보다 훨씬 피곤한 일이야, 안 그래?"

맞는 말이었다.

4

내가 쥐를 처음 만난 건 3년 전 봄이었다. 그해는 우리가 대학에 들어간 해였고, 둘 다 몹시 취해 있었다. 그렇기 때문에 도대체 어떤 사정으로 우리가 새벽 네 시 넘어서 쥐의 검은색 피아트 600에 함께 타게 되었는지 전혀 기억나지 않는다. 우리 둘 다 아는 친구라도 있었던 모양이다.

어쨌든 우리는 엉망으로 취한 상태였고, 더구나 속도계의 바늘은 80킬로미터를 가리키고 있었다. 우리가 신나게 공원 울타리를 넘어뜨리고, 진달래 덤불을 깔아뭉개고, 돌기둥에 힘껏 차를 박았는데도 상처 하나 입지 않은 건, 그야말로 운이 좋았다는 말 외에 달리 표현할 방법이 없다.

내가 충격에서 깨어나 부서진 문짝을 발로 걷어차고 밖으로 나오니, 피아트의 보닛 커버는 10미터 앞쪽의 원숭이 우리까지 날아갔고, 자동차 앞대가리는 돌기둥 모양대로 움푹 패어 있었다. 갑자기 잠에서 깬 원숭이들은 몹시 화를 냈다.

쥐는 두 손을 핸들에 올려놓은 채 몸을 꺾듯이 웅크리고 있었는데, 다친 건 아니고 대시보드 위에다 한 시간 전에 먹은 피자를 토하고 있었다. 나는 자동차 지붕 위로 기어 올라가서 선루프를 통해 운전석을 들여다봤다.

"괜찮아?"

"응. 그런데 좀 과음을 한 것 같아. 내가 토한 걸 보면 말이야."

"나올 수 있겠어?"

"좀 잡아당겨줘."

쥐는 시동을 끄고 대시보드 위의 담뱃갑을 주머니에 쑤셔 넣고 나서, 내 손을 잡고 천천히 차 지붕으로 기어 올라왔다. 우리는 피아트 지붕에 나란히 걸터앉아 희끄무레해지기 시작한 하늘을 올려다보며 아무 말 없이 담배를 몇 개비 피웠다. 나는 왠지 모르게 리처드 버튼이 주연한 탱크가 등장하는 영화가 생각났다. 쥐가 무엇을 생각하고 있었는지는 알 수 없다.

"우린 운이 좋아." 5분쯤 뒤에 쥐가 말했다. "이것 봐, 상처 하나 없다니 믿을 수 있겠어?"

나는 고개를 끄덕였다. "하지만 차는 이제 못 쓰게 됐어."

"신경 쓸 거 없어. 자동차는 다시 돈 주고 사면 되지만 행운은 돈 주고도 못 사는 거야."

나는 좀 어처구니가 없어서 쥐의 얼굴을 바라봤다.

"너희 집 그렇게 부자야?"

"그런 모양이야."

"그것 참 다행이군."

쥐는 그 말에는 대답하지 않았지만 불만스러운 듯이 몇 번이나 고개를 흔들었다.

"그렇지만 어쨌든 우린 재수가 좋았어."

"그래."

쥐는 테니스화 뒤축으로 담배를 비벼 끄더니 원숭이 우리 쪽을 향해 꽁초를 손가락으로 튕겼다.

"이봐, 우리 둘이서 팀을 만들어보지 않을래? 틀림없이 무슨 일이든 잘될 거야."

"그럼 첫 번째로 뭘 할까?"

"맥주를 마시자."

우리는 근처의 자동판매기에서 캔 맥주를 여섯 개 산 뒤 바다까지 걸어가, 모래사장에서 뒹굴며 전부 마셔버리고는 바다를 바라봤다. 굉장히 좋은 날씨였다.

"나를 쥐라고 불러줘." 그가 말했다.

"왜 그런 별명이 붙었지?"

"잊어버렸어. 아주 오래전 일이어서. 처음 얼마 동안은 그렇게 부르면 불쾌했지만 지금은 아무렇지도 않아. 사람은 무엇에든지 익숙해지는 법이거든."

우리는 빈 캔을 전부 바다에 던져버리고 나서 제방에 몸을 기댄 채 더플코트를 머리 위까지 뒤집어쓰고 한 시간가량 잠을 잤다.

눈을 떴을 때는 불가사의한 생명력 같은 것이 내 몸속에 넘쳐흐르고 있었다. 기분이 묘했다.

"백 킬로미터라도 달릴 수 있겠어" 하고 나는 쥐에게 말했다.

"나도 그래" 하고 쥐가 말했다.

하지만 실제로 우리가 해야 했던 건 공원의 보수비를 이자까지 포함해서 3년 할부로 시청에 지불하는 것이었다.

5

쥐는 지독히도 책을 읽지 않는다. 그가 스포츠신문과 광고지 이외의 활자를 읽는 걸 본 적이 없다. 내가 이따금 심심풀이로 읽는 책을 쥐는 언제나 파리가 파리채를 보는 것처럼 신기하다는 듯이 들여다봤다.

"왜 책 같은 걸 읽는 거야?"

"왜 맥주 같은 걸 마시는 건데?"

나는 식초에 절인 전갱이와 채소샐러드를 한 번씩 번갈아 먹으면서 쥐 쪽은 보지도 않고 그렇게 되물었다. 쥐는 그에 대해 한참 생각하더니 5분쯤 뒤에 입을 열었다.

"맥주의 좋은 점은 말이야, 전부 오줌으로 변해서 나와 버린다는 거지. 원 아웃 1루 더블플레이, 아무것도 남지 않는 거야."

쥐는 그렇게 말하고 나서 계속 먹어대는 나를 쳐다봤다.

"왜 그렇게 책만 읽는 거야?"

나는 전갱이의 마지막 한 조각을 맥주와 함께 삼키고 나서 접시를 치우고, 읽다가 옆에 놔둔 『감정 교육』을 집어 들고 책장을 넘겼다.

"플로베르가 이미 죽은 사람이기 때문이지."

"그럼 살아 있는 작가의 책은 읽지 않는단 말이야?"

"살아 있는 작가는 아무 가치도 없으니까."

"어째서?"

"죽은 사람에 대해서는 거의 모든 걸 용서할 수 있을 것 같은 느낌이 들거든."

나는 카운터 안쪽에 있는 포터블 텔레비전에서 재방송 중인 「66번 국도」를 쳐다보면서 그렇게 대답했다. 쥐는 다시 잠깐 동안 생각에 잠겼다.

"이봐, 살아 있는 사람은 어때? 거의 모든 걸 용서할 수 없어?"

"글쎄? 진지하게 생각해본 적은 없지만, 절박한 상황에 처한다면 그렇게 될지도 모르지. 용서할 수 없게 될지도 몰라."

J가 다가와서 우리 앞에 새 맥주를 두 병 놓고 갔다.

"용서 못 하면 어쩔 건데?"

"베개라도 끌어안고 자버리는 거지, 뭐."

쥐는 난처한 듯이 고개를 흔들었다. "이상하군. 난 이해할 수가 없어."

나는 쥐의 잔에 맥주를 따라줬다. 그는 여전히 몸을 움츠린 채 생각에 잠겨 있었다.

"마지막으로 책을 읽은 건 작년 여름이었어." 쥐가 말했다. "제목도 작가도 잊어버렸어. 왜 읽었는지도 잊어버렸고. 아무튼 여자가 쓴 소설이었지. 주인공은 유명한 패션 디자이너로 서른 살 남짓한 여자인데 자기가 불치병에 걸렸다고 굳게 믿고 있었어."

"어떤 병인데?"

"잊어버렸어. 암이나 뭐 그런 거겠지. 그 밖에 다른 불치병이 있겠어? ……그래서 그 여자는 해변의 피서지에 가서 처음부터 끝까지 자위행위를 하는 거야. 목욕탕 안이랑 숲속, 침대 위 그리고 바닷속, 그야말로 온갖 장소에서 말이야."

"바닷속에서도?"

"그래…… 믿어져? 뭣 때문에 그런 것까지 소설에 쓰는 거지? 그런 것 말고도 쓸 게 얼마든지 있을 텐데?"

"글쎄."

"난 그런 소설은 질색이야. 구역질이 나."

나는 고개를 끄덕였다.

"나 같으면 전혀 다른 소설을 쓰겠어."

"예를 들면?"

쥐는 맥주잔의 가장자리를 손가락 끝으로 만지작거리면서 생각했다.

"이런 건 어떨까? 내가 타고 있던 배가 태평양 한가운데서 침몰했어. 그래서 난 튜브를 안고, 별을 보면서 혼자 밤바다를 표류하는 거지. 조용하고 아름다운 밤이야. 그런데 맞은편에서 나처럼 튜브를 안은 젊은 여자가 헤엄쳐 오는 거야."

"예쁜 여자가?"

"그야 물론이지."

나는 맥주를 한 모금 마시고 고개를 흔들었다.

"왠지 바보 같아."

"계속 들어보라니까. 우리 두 사람은 나란히 바다에 뜬 채 잡담을 나눠. 지나온 세월과 다가올 미래, 취미, 같이 잔 여자의 숫자, 텔레비전 프로그램, 지난밤에 꾼 꿈 같은 얘기들을 말이야. 그리고 둘이서 맥주를 마시는 거지."

"이봐, 잠깐 기다려봐. 도대체 맥주가 어디에 있는 건데?"

쥐는 잠깐 생각했다.

"떠 있는 거야. 배의 식당에서 캔 맥주가 흘러나온 거라고. 정어리 통조림과 함께 말이야. 이 정도면 되겠어?"

"그래."

"그러는 사이에 날은 밝아오고 '이제부터는 어떻게 하죠' 하고 여자가 나에게 묻지. '난 섬이 있을 만한 쪽으로 헤엄쳐 가보겠어요.' 하지만 섬은 없을지도 몰라. 그래서 난 그보다는 그냥 여기에 떠서 맥주를 마시고 있으면 틀림없이 비행기가 구조하러 올 거라고 말해. 하지만 그녀는 혼자서 헤엄쳐 가버리고 말아."

쥐는 거기서 숨을 돌리고는 맥주를 마셨다.

"여자는 이틀 낮 이틀 밤을 꼬박 헤엄쳐서 어딘가의 섬에 도착해. 난 나대로 술에 취한 채 비행기에 의해 구조되고 말이야. 그러고 나서 몇 년인가 뒤에 두 사람은 야마노테에 있는 조그만 술집에서 우연히 만나게 되는 거야."

"또 둘이서 맥주를 마시겠지?"

"슬프지 않아?"

"글쎄."

6

쥐의 소설에는 뛰어난 점이 두 가지 있다. 우선 섹스 장면이 없다는 것과 한 사람도 죽지 않는다는 것이다. 사람은 가만 내버려둬도 죽기도 하고 여자와 자기도 한다. 그런 법이다.

⊙

"내가 잘못했다고 생각해?" 여자가 물었다.

쥐는 맥주를 한 모금 마시고 천천히 고개를 저었다. "분명하게 말하면 모두들 잘못하고 있는 거라구."

"왜 그렇게 생각하지?"

"으음." 쥐는 신음하고 나서 윗입술을 혓바닥으로 핥았다. 대답 따윈 없었다.

"난 팔이 떨어져 나갈 정도로 열심히 섬까지 헤엄쳐 갔어. 너무나 힘들어서 죽는 줄 알았지. 그래서 몇 번이나 이렇게 생각했어. 내가 잘못했고 네가 옳았는지도 모른다고 말이야. 난 이렇게 고통스러워하는데, 어째서 넌 아무엇도 하지 않고 바다 위에 가만히 떠 있는 걸까 하고."

여자는 그렇게 말하고 살짝 웃더니 한동안 우울한 표정을 지으며 손가락 끝으로 눈가를 눌렀다. 쥐는 몸을 꾸물거리면서 이유도 없이 주머니 속을 뒤졌다. 3년 만에 견딜 수 없이 담배가 피우고 싶어졌다.

"내가 죽었으면 좋겠다고 생각했어?"

"조금은."

"정말로 조금?"

"……잊어버렸어."

두 사람은 잠시 입을 다물었다. 쥐는 다시 뭔가 말을 해야 할 것만 같았다.

"사람은 태어날 때부터 불공평하게 만들어졌다는군."

"누가 한 말이야?"

"존 F. 케네디."

7

어렸을 때 나는 무척 말수가 적은 소년이었다. 부모님은 걱정이 돼서 나를 잘 아는 정신과 의사에게 데리고 갔다.

의사의 집은 바다가 내려다보이는 고지대에 있었다. 내가 햇빛이 잘 드는 응접실 소파에 앉자, 품위 있어 보이는 중년 부인이 시원한 오렌지주스와 도넛 두 개를 내왔다. 나는 무릎에 설탕을 흘리지 않도록 조심하면서 도넛을 절반쯤 먹고, 오렌지주스를 다 마셨다.

"더 줄까?"

의사가 물었고, 나는 고개를 흔들었다.

우리는 단둘이 마주 앉았다. 정면 벽에는 모차르트의 초상화가 걸려 있었는데, 겁 많은 고양이처럼 원망스러운 듯이 나를 노려보고 있었다.

"옛날 옛날에 아주 마음씨 착한 산양이 살고 있었단다."

멋진 첫마디였다. 나는 눈을 감고 마음씨가 착한 산양을 상상해봤다.

"산양은 항상 무거운 금시계를 목에 걸고 헉헉거리면서 돌아다녔어. 그런데 그 시계는 너무 무거운 데다 고장이 나서 움직이지도 않았어. 그래서 친구인 토끼는 이렇게 물었어. '이봐 산양, 왜 자네는 움직이지도 않는 시계를 늘 목에 매달고 다니는 거야? 무겁기만 하고 아무 쓸모도 없는 걸 말이야.' 산양은 '그야 물론 무겁지. 하지만 익숙해졌거든. 시계가 무거운 것에도, 움직이지 않는 것에도 말이야' 하고 대답했지."

의사는 그렇게 말하고 오렌지주스를 마시더니 빙긋이 웃으면서 나를 봤다. 나는 잠자코 다음 이야기를 기다렸다.

"어느 날, 산양의 생일에 토끼는 예쁜 리본이 달린 작은 상자를 선물했어. 그 안에는 반짝반짝 빛나고 아주 가볍고 정확하게 움직이는 새 시계가 들어 있었어. 산양은 무척 기뻐하면서 그걸 목에 걸고 모두에게 자랑하며 돌아다녔어."

이야기는 거기서 갑자기 끝났다.

나는 속은 것 같은 기분이 들었지만 하는 수 없이 고개를 끄덕였다.

일주일에 한 번 일요일 오후에 나는 전철과 버스를 갈아타고 의사의 집에 가서 커피 롤빵이나 애플파이, 팬케이크, 꿀이 발린 크루아상을 먹으면서 치료를 받았다.

1년 정도 그 집에 드나들었는데, 그 때문에 나는 치과

에도 다녀야 하는 신세가 되었다.

　문명이란 전달이라고 의사는 말했다. 만일 뭔가를 표현할 수 없다면 그것은 존재하지 않는 거나 다름없어. 알겠니, 제로야. 만일 네가 배가 고프다고 하자. 넌 "배가 고파요" 하고 한 마디만 하면 되지. 그러면 난 너한테 쿠키를 주고. 먹어도 좋아. (나는 쿠키를 한 개 집었다.) 하지만 네가 아무 말도 하지 않으면 쿠키는 없지. (의사는 심술궂게 쿠키 접시를 테이블 밑에 숨겼다.) 제로야, 알겠어? 넌 얘기를 하고 싶지 않아. 그렇지만 배가 고파. 그래서 넌 말을 하지 않고 그걸 표현하고 싶어 해. 제스처 게임이야. 한번 해보렴.
　나는 배를 움켜쥐고 괴로운 표정을 지어 보였다. 의사는 웃었다. 그건 소화불량이지.
　소화불량…….

　다음에 우리는 프리 토킹을 했다.
　"무엇이든 좋으니까 고양이에 대해 얘기해보겠니?"
　나는 생각하는 시늉을 하며 고개를 빙글빙글 돌렸다.
　"생각나는 것이 있으면 무엇이든 괜찮으니까 말해보렴."

"네 발 달린 동물이에요."

"코끼리도 그렇지."

"훨씬 작아요."

"그리고?"

"집에서 키우고, 마음이 내키면 쥐를 잡아요."

"무엇을 먹지?"

"생선."

"소시지는?"

"소시지두요."

그런 식이었다.

의사의 말은 옳다. 문명이란 전달이다. 표현하고 전달해야 할 것이 없어졌을 때 문명은 끝난다. 찰칵…… OFF.

믿을 수 없는 일이지만 열네 살 봄에 나는 마치 봇물이 터진 것처럼 갑자기 말을 하기 시작했다. 무슨 말을 했는지는 전혀 기억 못 하지만, 14년 동안의 공백을 메우기라도 하려는 듯이 나는 석 달 동안 쉴 새 없이 지껄여댔고, 모든 얘기를 끝낸 7월 중순에는 열이 40도까지 올라 사흘이나 학교를 결석했다. 열이 내렸을 때 나는 말수가 적지도, 그렇다고 많지도 않은 평범한 소년이 되어 있었다.

8

목이 마른 탓이었을 것이다. 내가 눈을 뜬 것은 아침 여섯 시 전이었다.

남의 집에서 잠이 깨면 언제나 다른 육체에 다른 영혼을 우격다짐으로 구겨 넣은 것 같은 느낌이 든다. 나는 가까스로 좁은 침대에서 기어 나와, 문 옆에 있는 작은 싱크대에서 말처럼 물을 몇 잔 연거푸 마시고 나서 침대로 돌아왔다.

열어젖힌 창문으로 바다가 아주 조금 보였다. 작은 파도가 막 떠오른 햇빛을 반짝반짝 반사했고, 가만히 바라보고 있으니 지저분한 화물선 몇 척이 지겨워 죽겠다는 듯이 떠 있는 게 보였다. 무더운 하루가 될 것 같았다.

주위의 집들은 아직 조용히 잠들어 있었고, 들려오는 소리라고는 이따금 전철 레일이 삐걱거리는 소리와 라디오에서 흘러나오는 희미한 체조 멜로디 정도였다.

나는 벌거벗은 채 침대 등받이에 몸을 기대고 앉아 담배에 불을 붙이고 나서 곁에서 자고 있는 여자를 봤다. 남향으로 난 창문으로 직접 들어오는 햇살이 여자의 온

몸을 비추고 있었다. 그녀는 홑이불을 발치까지 밀어 내린 채 깊이 잠들어 있었다. 이따금 숨이 거칠어져서 예쁜 가슴이 위아래로 흔들렸다. 몸은 햇볕에 잘 그을렸는데, 시간이 지난 탓에 조금 칙칙한 색깔로 변하기 시작했고 수영복 모양으로 타지 않은 부분은 이상할 정도로 하얘서 마치 부패하고 있는 것처럼 보였다.

담배를 피우고 나서 10분 동안 여자의 이름을 생각해 내려 했지만 헛일이었다. 애당초 내가 여자의 이름을 알고 있었는지조차 생각나지 않았다.

나는 단념하고 하품을 한 다음 다시 한번 그녀의 몸을 바라봤다. 나이는 십대 후반쯤인 것 같고 마른 편이었다. 나는 손가락을 한껏 벌려 머리부터 한 뼘씩 키를 재봤다. 여덟 뼘에 발꿈치 부근에서 엄지손가락 한 개 정도가 모자랐다. 158센티미터쯤 되는 셈이다.

오른쪽 가슴 밑에는 소스를 흘린 것 같은 십 엔짜리 동전만 한 얼룩이 있고, 하복부에는 가느다란 음모가 홍수 뒤 개울의 수초처럼 보기 좋게 나 있었다. 그리고 그녀의 왼손은 손가락이 네 개밖에 없었다.

9

그녀가 일어나기까지는 그로부터 거의 세 시간이 걸렸다. 그리고 잠에서 깨어난 뒤 사정을 어느 정도 이해할 수 있게 되기까지 5분이 걸렸다. 그동안 나는 팔짱을 낀 채 수평선 위에 떠 있는 두꺼운 구름이 모습을 바꾸고 동쪽으로 흘러가는 것을 꼼짝 않고 바라봤다.

잠시 후 내가 뒤를 돌아봤을 때, 그녀는 홑이불을 목까지 끌어올려 몸을 감싸고 위장에 남아 있는 위스키 냄새와 싸우면서 무표정하게 나를 올려다보고 있었다.

"누구야…… 넌?"

"기억이 안 나?"

그녀는 고개를 한 번 흔들었다. 나는 담배에 불을 붙여 한 대를 권했지만 그녀는 무시했다.

"설명해봐."

"어디서부터 시작할까?"

"처음부터."

그런데 도대체 어디가 처음인지 나로서는 짐작도 할 수 없었다. 또 어떤 식으로 이야기해야 그녀를 납득시킬

수 있을지도 알 수 없었다. 잘될지도 모르고 전혀 불가능할지도 모른다. 나는 10초쯤 생각하고 나서 이야기를 시작했다.

"무덥기는 하지만 기분 좋은 하루였어. 난 오후 내내 풀장에서 수영하고, 집으로 돌아가 잠깐 낮잠을 자고 나서 밥을 먹었어. 여덟 시가 좀 지났을 때였지. 그런 뒤 차를 타고 바람을 쐬러 나갔어. 바닷가에 차를 세워놓고 라디오를 들으면서 바다를 바라보고 있었지. 늘 그렇게 하거든. 그런데 삼십 분쯤 지나니까 갑자기 누군가를 만나고 싶어졌어. 바다를 보고 있으면 사람이 만나고 싶어지고, 사람을 만나고 있으면 바다가 보고 싶어져. 이상하지. 그래서 제이스 바에 가기로 했어. 맥주도 마시고 싶었고, 그곳에 가면 친구도 만날 수 있으니까 말이야. 하지만 녀석은 없었어. 그래서 혼자 마시기로 했지. 한 시간 동안 맥주를 세 병 마셨어."

나는 거기서 말을 끊고 담뱃재를 재떨이에 털었다.

"혹시 『뜨거운 양철 지붕 위의 고양이』를 읽어본 적 있어?"

그녀는 질문에는 대답하지 않고, 마치 해변으로 떠밀려 올라온 인어처럼 홑이불로 단단히 몸을 감싼 채 천장을 노려보고 있었다.

나는 아랑곳하지 않고 이야기를 계속했다.

"그러니까 말이야. 혼자 술을 마실 때마다 그 얘기가 생각나는 거야. 지금이라도 당장 머릿속에서 짤그랑 소리가 나고 편안해지지 않을까 하고 말이야. 하지만 현실에서는 그렇게 잘되진 않지. 소리 같은 건 들린 적도 없어. 그러는 동안 기다리다 지쳐 녀석의 아파트에 전화를 걸어봤어. 나와서 함께 술을 마시지 않겠냐고 꾀어볼 생각이었지. 그런데 여자가 전화를 받는 거야……. 이상한 느낌이 들었어. 녀석은 그런 타입이 아니거든. 방 안에 쉰 명의 여자를 끌어들여 곤드레만드레 취할 정도로 술을 마셨다 해도 자기 전화는 반드시 자기가 받는 성격이거든. 무슨 말인지 알겠어? 난 전화번호를 잘못 누른 척하며 사과하고 전화를 끊었지. 끊고 나니까 약간 기분이 언짢았어. 왜 그런지 모르겠지만 말이야. 그래서 맥주를 한 병 더 마셨어. 그래도 기분이 좋아지지 않았어. 물론 그런 나를 바보 같다고 생각했지만 말이야. 하지만 다 그런 거지. 맥주를 다 마시면 J를 불러 계산하고, 집으로 돌아가 스포츠 뉴스에서 알려주는 야구 결과를 듣고 잠이나 자야겠다고 생각했지. J는 나한테 세수를 하라고 했어. 그는 맥주 한 상자를 다 마셨다 해도 세수만 하면 운전을 할 수 있다고 믿고 있거든. 할 수 없이 난 세수하려고 화장실로 갔어. 솔직히 말하면 세수할 생각은 없었어. 하는 시늉만 했을 뿐이지. 그 술집의 화장실은 늘 배수구가 막혀 물이 고여 있으니까 안에 들어가고 싶지 않았거든. 그런데 어젯밤에는 신기하게도 물이 고여 있지 않았어. 대신에 네가 바닥에 쓰러져 있었지."

그녀는 한숨을 내쉬고 눈을 감았다.

"그래서?"

"너를 안아 일으켜 화장실에서 데리고 나와서는 술집 안의 손님들에게 아는 얼굴이냐고 물으며 돌아다녔어. 그런데 아무도 너를 아는 사람이 없더라구. 그래서 J와 둘이서 상처를 치료했지."

"상처?"

"넘어졌을 때 어디 모서리에 머리를 부딪힌 것 같았어. 큰 상처는 아니었지만."

그녀는 고개를 끄덕이고 홑이불 속에서 손을 꺼내 이마의 상처를 손가락 끝으로 살짝 만져봤다.

"그러고는 J와 의논했어. 어떻게 하면 좋을까 하고. 결국 내 차에 태워 너를 집까지 데려다주기로 했지. 네 핸드백을 뒤져보니까 지갑이랑 열쇠, 너한테 온 엽서가 한 장 있더라구. 난 지갑에서 돈을 꺼내 계산하고, 엽서에 적힌 주소를 보고 너를 여기까지 데리고 왔어. 열쇠로 문을 열고 들어와서 너를 침대에 눕혔지. 영수증은 지갑에 들어 있어."

그녀는 숨을 깊이 들이마셨다.

"왜 여기서 잤어?"

"?"

"왜 나를 데려다주고 즉시 사라지지 않은 거냐고?"

"내 친구 중에 급성 알코올중독으로 죽은 녀석이 있어. 위스키를 잔뜩 퍼마신 뒤 멀쩡하게 작별 인사까지 하고 헤어져서 집으로 씩씩하게 걸어갔지. 이를 닦고 파자마로 갈아입고 잤는데 다음 날 아침 죽어 있었어. 아주 멋진 장례식이었지."

"……그래서 나를 밤새껏 간호했다는 얘기야?"

"사실은 네 시쯤에 돌아갈 생각이었어. 그런데 그만 잠이 들어버린 거야. 아까 일어났을 때도 돌아갈까 생각했는데 그러지 않았지."

"왜?"

"최소한 무슨 일이 있었는지 너한테 설명은 해줘야 할

것 같아서."

"굉장히 친절하시군."

나는 독기를 한껏 품은 그녀의 말을 목을 움츠리며 외면했다. 그러고는 구름을 바라봤다.

"내가…… 무슨 얘기를 했어?"

"조금."

"어떤 얘기를 했는데?"

"여러 가지 얘기였어. 하지만 모두 잊어버렸어. 별로 중요한 얘기는 아니야."

그녀는 눈을 감은 채 목구멍 속에서 신음 소리를 냈다.

"엽서는?"

"핸드백 속에 있어."

"읽었어?"

"아니."

"왜?"

"글쎄, 읽을 필요가 없으니까."

나는 지겹다는 듯이 그렇게 말했다. 그녀의 말투에는 나를 짜증스럽게 만드는 뭔가가 있었다. 하지만 그걸 제외하면 그녀는 나를 그리운 기분에 잠기게 했다. 먼 옛날의 그 무엇인가. 좀 더 정상적인 상황에서 만났다면 우리

는 지금보다는 좀 더 즐거운 시간을 보낼 수 있었을지도
모른다, 그런 느낌이 들었다. 하지만 실제로는 정상적인
상황에서 여자를 만난다는 것이 어떤 건지 나로서는 전
혀 짐작조차 할 수 없었다.

"몇 시야?" 그녀가 물었다.

나는 약간 안심하며 일어나 책상 위에 놓여 있는 전자
시계를 보고 나서 컵에 물을 따라 왔다.

"아홉 시."

그녀는 힘없이 고개를 끄덕이고 나서 몸을 일으켜 벽
에 기댄 채 단숨에 물을 들이켰다.

"내가 많이 마셨나 봐?"

"상당히 많이 마셨더군. 나 같으면 죽었을 거야."

"죽을 것만 같아."

그녀는 머리맡의 담배를 집어 들고 불을 붙이더니 한숨
과 함께 연기를 뿜어냈다. 그러고는 갑자기 성냥개비를
열려 있는 창문 밖 항구 쪽으로 던져버렸다.

"옷을 좀 집어서 줘."

"어떤 옷?"

그녀는 담배를 입에 문 채 다시 눈을 감았다.

"아무거나 좋아. 제발 부탁이니까 질문 좀 하지 마."

나는 침대 맞은편에 있는 옷장 문을 열고 잠시 망설이다가 소매 없는 푸른색 원피스를 골라서 그녀에게 줬다. 그녀는 속옷도 입지 않고 머리에서부터 훌렁 뒤집어쓰더니, 자기 손으로 등의 지퍼를 올리고 나서 다시 한번 한숨을 내쉬었다.

"이제 가야 해."

"어디로?"

"일하러."

그녀는 내뱉듯이 말하고는 휘청거리면서 침대에서 일어났다. 나는 침대 가장자리에 걸터앉은 채, 그녀가 세수하고 빗질하는 모습을 별생각 없이 줄곧 바라봤다.

방 안은 깔끔히 정돈되어 있기는 했지만 그건 어느 정도까지고 더 이상은 어떻게 손써볼 수 없다는 체념과 흡사한 공기가 주변에 감돌고 있어서 내 마음을 다소 무겁게 했다.

세 평쯤 되는 방에는 싸구려 가구가 가득 들어차 있어서, 남은 공간이라고는 사람이 한 명 간신히 누울 수 있는 정도밖에 되지 않았다. 그녀는 거기에 서서 머리를 빗었다.

"어떤 일을 하는데?"

"너하고는 상관없잖아."

그 말이 맞았다.

담배 한 대가 타버릴 동안 나는 줄곧 잠자코 있었다. 그녀는 등을 돌린 채 거울을 보고 눈 밑에 생긴 다크서클을 손가락 끝으로 계속 눌렀다.

"몇 시야?" 그녀가 다시 물었다.

"십 분 지났어."

"이젠 시간이 없어. 너도 빨리 옷을 입고 돌아가줘."

그녀는 그렇게 말하고 스프레이식 오드콜로뉴를 겨드랑이에 뿌렸다.

"물론 집은 있겠지?"

나는 있고말고,라고 대답하며 티셔츠를 입었다. 그리고 침대에 걸터앉아 다시 창밖을 바라봤다.

"어디까지 가는데?"

"항구 근처야. 왜?"

"차로 데려다주려고. 그럼 늦지 않을 거야."

그녀는 한 손에 빗을 쥔 채 당장이라도 울음을 터뜨릴 것 같은 눈으로 나를 바라봤다. 울어버리면 마음이 편해질 텐데, 하고 나는 생각했다. 그러나 그녀는 울지 않았다.

"저 말이야, 이것만은 기억해둬. 난 분명히 술을 많이 마셨고 엉망으로 취했어. 그러니까 뭔가 좋지 못한 일이 있었다 해도 그건 내 책임이야."

그녀는 그렇게 말하고 빗을 사무적으로 몇 번 손바닥에다 탁탁 쳤다. 나는 아무 말 없이 그녀의 다음 이야기를 기다렸다.

"그렇잖아?"

"그렇겠지."

"하지만, 의식을 잃은 여자와 자는 놈은…… 최악이라구."

"그렇지만 난 아무 짓도 안 했는걸."

그녀는 격해진 감정을 억누르려는 듯이 잠시 입을 다물었다.

"그럼 왜 내가 발가벗고 있었지?"

"네가 스스로 벗었어."

"그걸 어떻게 믿어?"

그녀는 빗을 침대 위에 던지고, 핸드백에 지갑과 립스틱과 두통약과 그 밖에 자질구레한 것들을 집어넣었다.

"정말로 아무 짓도 하지 않았다고 증명할 수 있어?"

"직접 조사해보면 될 거 아냐."

"어떻게?"

그녀는 정말로 화를 내고 있는 것 같았다.

"맹세한다니까."

"믿을 수 없어."

"믿는 수밖에 없어."

나는 그렇게 말했다. 그리고 불쾌해졌다.

그녀는 더 이상 이야기하는 걸 포기하고 나를 방 밖으로 몰아낸 뒤 밖으로 나와 문을 잠갔다.

우리는 아무 말 없이 강가의 아스팔트 길을 따라 차를 세워놓은 공터로 걸어갔다.

내가 차 앞 유리창의 먼지를 휴지로 닦는 동안, 그녀는 의심스러운 듯이 차 주위를 한 바퀴 돌고 나서, 보닛 위에 흰 페인트로 커다랗게 그려놓은 소의 얼굴을 한동안 뚫어져라 들여다봤다. 소는 코에 커다란 코뚜레를 꿴 채, 입에는 흰 장미 한 송이를 물고 웃고 있었다. 무척이나 천박한 웃음이었다.

"네가 그렸어?"

"아니, 전 주인이 그린 거야."

"왜 하필이면 소 그림을 그렸을까?"

"글쎄."

그녀는 두 걸음 물러서서 다시 소 그림을 바라보고는 말을 많이 한 걸 후회하는 듯 입을 다물고 차에 올라탔다.

차 안은 몹시 더웠다. 그녀는 항구에 도착할 때까지 말 한 마디 하지 않고 흘러내리는 땀을 수건으로 계속 닦으면서 쉴 새 없이 담배를 피워댔다. 불을 붙여 세 모금 피우고는 필터에 묻은 립스틱을 점검이라도 하듯이 빤히 본 뒤, 차의 재떨이에 비벼 끄고 다시 새 담배에 불을 붙였다.

"저, 어젯밤 일 말인데, 도대체 내가 무슨 얘기를 한 거야?"

차에서 내릴 때가 되자 갑자기 그녀가 물었다.

"여러 가지 얘길 했지."

"한 가지만이라도 좋아. 알려줘."

"케네디 얘기를 했어."

"케네디?"

"존 F. 케네디."

그녀는 머리를 흔들며 한숨을 쉬었다.

"아무것도 기억나지 않아."

차에서 내릴 때 그녀는 아무 말 없이 천 엔짜리 지폐 한 장을 백미러 뒤에 끼워놓고 갔다.

10

굉장히 무더운 밤이었다. 계란이 반숙이 될 정도의 더위였다.

나는 제이스 바의 무거운 문을 평소처럼 등으로 밀어 열고 에어컨의 서늘한 공기를 들이마셨다. 가게 안에는 담배와 위스키와 감자튀김과 겨드랑이와 시궁창 냄새가 바움쿠헨 무늬처럼 겹쳐서 고여 있었다.

평상시와 다름없이 카운터 끝자리에 앉아서 벽에 등을 대고 가게 안을 둘러봤다. 제복을 입은 낯선 프랑스 해군이 세 명, 그들과 동행인 여자가 두 명, 스무 살 남짓한 남녀가 한 쌍, 손님은 그들뿐이었다. 쥐는 보이지 않았다.

나는 맥주와 콘비프 샌드위치를 주문하고 책을 꺼내 읽으며 느긋하게 쥐를 기다리기로 했다.

10분쯤 뒤에 자몽 같은 유방을 가진, 화려한 원피스를 입은 서른 살가량의 여자가 가게로 들어와 내 옆에 의자 하나를 사이에 두고 앉았다. 그리고 내가 그랬듯이 술집 안을 빙 둘러보고 나서 김릿을 주문했다. 그녀는 김릿을 한 모금 마시고 일어나서 짜증이 날 정도로 오랫동안 전화를 걸더니 핸드백을 끌어안고 화장실로 들어갔다. 40분 동안 그런 행동을 세 차례나 반복했다. 김릿 한 모금, 긴 통화, 핸드백, 화장실.

바텐더 J가 내 앞으로 다가와서 질렸다는 표정으로 엉덩이가 닳아 없어지는 게 아닐까, 하고 말했다. 그는 중국 사람이지만 나보다 훨씬 일본말을 잘 구사한다.

여자는 세 번째로 화장실에서 나와 주위를 둘러보더니 미끄러지듯이 내 옆자리로 다가와 작은 목소리로 말했다.

"저, 미안하지만 동전 좀 빌려주시겠어요?"

나는 고개를 끄덕이고 주머니의 동전을 긁어모아 카운터 위에 늘어놓았다. 십 엔짜리 열세 개였다.

"고마워요. 또 동전을 바꿔달라고 하면 가게 주인이 싫어할 거 같아서요."

"상관없습니다. 덕분에 몸이 한결 가벼워졌어요."

그녀는 생긋이 웃어 보이고는 재빨리 동전을 그러모아서 전화가 있는 쪽으로 사라졌다.

나는 책 읽는 걸 포기하고 J에게 포터블 텔레비전을 카운터에 올려놔달라고 부탁했다. 맥주를 마시면서 야구 중계를 볼 생각이었다. 대단한 시합이었다. 4회 초인데도 두 명의 투수가 두 개의 홈런을 포함해 여섯 개의 안타

를 맞았고, 외야수 하나는 참다못해 빈혈을 일으켜 쓰러
졌으며, 투수를 교체하는 동안에 광고가 여섯 개나 나왔
다. 맥주와 생명보험과 비타민제와 항공회사와 감자칩
과 생리대 광고였다.

여자에게 딱지를 맞은 듯한 프랑스 해군 한 명이 맥주
잔을 손에 든 채 내 뒤로 다가와서 뭘 보고 있냐고 프랑
스어로 물었다.

"베이스볼." 나는 영어로 대답했다.

"베이스볼?"

나는 간단히 규칙을 설명해줬다. 저 남자가 던진 공을
이쪽 남자가 방망이로 받아 치고서 운동장을 한 바퀴 돌
면 1점이 된다. 해군은 5분 정도 꼼짝 않고 텔레비전을
보다가, 광고가 시작되자 왜 주크박스에 조니 할리데이
의 레코드가 없냐고 물었다.

"인기가 없기 때문이지."

"그럼 프랑스 가수 중에서는 누가 인기 있지?"

"아다모."

"그 사람은 벨기에 사람이야."

"미셸 폴나레프."

"빌어먹을."

해군은 그렇게 말하고 자기 테이블로 돌아갔다.

5회 초가 되었을 때에야 여자가 돌아왔다.

"고마워요. 한 잔 살게요."

"신경 쓰지 않아도 괜찮습니다."

"빚진 걸 갚지 않으면 못 참는 성격이거든요. 나쁜 일이든 좋은 일이든 말이죠."

나는 빙그레 웃으려고 했지만 마음대로 되지 않아서 그냥 고개만 끄덕였다. 여자는 손가락으로 J를 불러서 나에겐 맥주를 주고, 자기에겐 김릿을 달라고 했다. J는 정확하게 세 번 고개를 끄덕이고 카운터 끝으로 사라졌다.

"기다리는 사람이 오지 않는 모양이죠?"

"그런 것 같군요."

"상대는 여자?"

"남자예요."

"나랑 똑같군요. 우린 얘기가 통할 거 같아요."

나는 할 수 없이 고개를 끄덕였다.

"저, 내가 몇 살 정도로 보이나요?"

"스물여덟."

"거짓말."

"스물여섯."

여자가 웃었다.

"하지만 기분이 나쁘진 않네요. 독신으로 보이나요, 아니면 결혼한 사람처럼 보이나요?"

"상금이 있습니까?"

"줄 수도 있죠."

"결혼한 것 같습니다."

"음…… 반은 맞았네요. 지난달에 이혼했으니까. 이혼한 여자하고 얘기해본 적 있어요?"

"아뇨. 하지만 신경통에 걸린 소는 만난 적이 있습니다."

"어디서?"

"대학 실험실에서요. 다섯 명이서 간신히 교실에 밀어 넣었죠."

여자가 즐거운 듯이 웃었다.

"그럼 학생?"

"네."

"나도 옛날에는 학생이었지. 1960년대에. 좋은 시절이었어."

"어떤 점이요?"

그녀는 아무 말도 하지 않고 킥킥거리며 웃더니 김릿을 한 모금 마시고 나서, 갑자기 생각난 듯 손목시계를 들여다봤다.

"다시 전화를 걸어야겠네."

그녀는 그렇게 말하고, 핸드백을 손에 들고 일어섰다.

그녀가 사라진 뒤에도 내 질문은 대답을 듣지 못한 채 한동안 공중을 떠돌았다.

맥주를 절반쯤 마시고 나서 J를 불러 술값을 지불했다.

"도망치는 거야?" J가 물었다.

"네."

"연상의 여자는 싫은 모양이지?"

"나이는 상관없어요. 아무튼 쥐가 오면 기다리다가 갔다고 전해줘요."

내가 제이스 바를 나올 때, 여자는 전화를 끝내고 네 번째로 화장실에 들어가는 중이었다.

집으로 돌아오면서 줄곧 휘파람을 불었다. 어딘가에서 들은 적이 있는 멜로디인데, 제목이 좀처럼 생각나지 않았다. 아주 오래된 노래다. 나는 바닷가에 차를 세우고 어두운 밤바다를 바라보면서 어떻게든 곡명을 생각해내려고 안간힘 썼다.

그 곡은 「미키 마우스 클럽의 노래」였다. 이런 가사였던 것 같다.

모두의 즐거운 표어,
엠아이시 • 케이이와이 • 엠오유에스이MICKEY MOUSE

확실히 좋은 시절이었는지도 모른다.

11

ON

여러분 안녕하세요. 오늘 밤 저는 기분이 최고입니다. 여러분에게도 반쯤 나눠 주고 싶을 정도죠. 여기는 라디오 NEB, 여러분의 「팝스 텔레폰 리퀘스트」 시간입니다. 멋진 토요일 밤, 지금부터 아홉 시까지 두 시간 동안 화끈하고 신나는 음악을 틀어드리겠습니다. 그리운 곡, 추억이 담긴 곡, 즐거운 곡, 춤추고 싶어지는 곡, 지긋지긋한 곡, 구역질 나는 곡, 뭐든지 좋습니다. 마음껏 개의치 말고 전화를 걸어주세요. 전화번호는 모두 알고 계시죠? 됐습니까? 틀리지 말고 다이얼을 돌려주세요. 걸어서 손해, 받아서 귀찮은 잘못 걸린 전화는 없도록 합시다. 조금 말이 많았나요? 여섯 시부터 전화를 받기 시작했는데 방송국에 있는 열 대의 전화가 쉴 새 없이 울려대고 있습니다. 전화벨 소리 한번 들어보시겠습니까? ……어때요, 굉장하죠? 좋아요. 이렇게 하면 됩니다. 손가락이 부러질 때까지 계속 전화를 걸어주세요. 참, 지난주에는 전화가 너무 많이 걸려 와서 퓨즈가 끊어져버려 여러분에게 죄송했습니다. 하지만 이젠 걱정할 필요 없습니다. 어제 특제 케이블로 바꿨거든요. 코끼리 다리통만큼이나 굵은 걸로 말입니다. 코끼리 다리보다, 기린 다리보다 훨씬 굵답니다. 또 말이 길어졌군요. 그러니까 안심하시고 머리가 돌 정도로 전화를 걸어주세요. 방송국 직원 전부가 미쳐버린다 해도 퓨즈는 절대로 끊어지지 않습니다. 아시겠죠? 좋습니다. 오늘도 짜증이 날 정도로 더웠지만, 그런 짜증은 신나는 록을 들으며 깨끗이 날려 보냅시다. 아시겠죠? 멋진 음악은 바로 이래서 있는 거죠. 귀여운 여자와 똑같죠. 오케이. 첫 곡입니다. 이 노래는 그냥 조용히 들어주세요. 정말로 좋은 곡이니까요. 무더위 따윈 까맣게 잊어버립시다. 브룩 벤턴의 「레이니 나이트 인 조지아Rainy Night in Georgia」.

OFF

……휴우, 정말 덥군……

……이봐, 에어컨 좀 더 세게 안 돼? ……지옥이라고,

여긴…… 이봐, 그만둬…… 난 땀을 많이 흘린단 말이
야……

    ……그래, 그런 거라고……

    ……이봐, 목이 말라. 누가 시원한 콜라 좀 갖다주겠어?
……괜찮아. 소변 걱정 같은 건 하지 않아도 돼. 내 방광
은 특별히 튼튼해서…… 그래, 방광……
    ……고마워 밋짱, 좋았어…… 음, 굉장히 차군……

    ……그런데, 병따개가 없잖아……

    ……멍청한 소리 하지 마. 이걸 어떻게 이빨로 따란 말
이야? ……이봐, 음악이 다 끝나가. 시간이 없어. 장난치
지 말라고…… 이봐, 병따개!

    ……빌어먹을……

ON

멋지군요. 이것이 음악입니다. 브룩 벤턴의 「레이니 나이트 인 조지아」. 조금은 시원해졌습니까? 그런데 오늘 최고 기온이 몇 도였는지 아세요? 삼십칠 도라고요, 삼십칠 도. 아무리 여름이라지만 너무 덥군요. 이건 완전히 오븐 속이에요. 삼십칠 도는 혼자 가만히 있는 것보다 여자와 끌어안고 있는 쪽이 시원할 정도의 온도죠. 믿을 수 있겠습니까? 오케이, 이제 그만 떠들고 계속해서 음악을 틀겠습니다. 크리던스 클리어워터 리바이벌의 「후일 스톱 더 레인Who'll Stop The Rain」. 신나게 춤을 춥시다, 베이비!

OFF

……이봐, 이봐, 이젠 됐어. 마이크 스탠드 모서리에 대고 딱어……

……으음, 맛있다……
……걱정 말라고. 딸꾹질 같은 건 안 해. 당신도 걱정이 많은 사람이구만……

……그런데, 야구는 어떻게 돼가고 있지? ……다른 방송국에서 중계를 하고 있을 텐데?……

……잠깐, 왜 방송국에 라디오가 한 대도 없는 거지? 이건 범죄라고……

……알았어, 이제 됐어. 그건 그렇고, 이번엔 맥주가 마시고 싶은데. 속이 얼얼하도록 차가운……

……이거 큰일 났네. 딸꾹질이 나올 것 같아……
……딸꾹……

12

7시 15분에 전화벨이 울렸다.

나는 거실의 등나무 의자에 누워 캔 맥주를 마시면서 계속 치즈 크래커를 집어 먹고 있었다.

"안녕하십니까? 여기는 라디오 NEB의 「팝스 텔레폰 리 퀘스트」입니다. 라디오를 듣고 계셨나요?"

나는 입 안에 남아 있던 치즈 크래커를 황급히 맥주와 함께 넘겼다.

"라디오요?"

"그렇습니다, 라디오. 문명이 낳은…… 딸꾹…… 최고 의 기계죠. 진공청소기보다 훨씬 정밀하고, 냉장고보다 훨씬 작고, 텔레비전보다 훨씬 싸죠. 그런데 지금 무엇을 하고 계셨습니까?"

"책을 읽고 있었습니다."

"쯧쯧쯧, 그러면 안 되죠. 라디오를 들어야 한다고요. 책을 읽어봤자 고독해질 뿐입니다. 안 그런가요?"

"네, 그래요."

"책 같은 건 스파게티를 삶는 동안 시간을 때우기 위해

한 손에 들고 읽는 거라고요. 알겠습니까?"

"네, 알았습니다."

"좋습니다…… 딸꾹…… 이제야 얘기가 잘 될 것 같군
요. 그런데 딸꾹질이 멈추지 않는 아나운서와 얘기해본
적 있습니까?"

"아뇨."

"그럼, 이번이 처음이겠군요. 라디오를 듣고 있는 여러
분도 처음이겠죠. 그런데 왜 제가 방송 중에 당신에게 전
화를 걸었는지 아십니까?"

"아뇨."

"사실은 말입니다. 당신에게 신청곡을 선물한 여자가
…… 딸꾹…… 있어서요. 누군지 아십니까?"

"아뇨."

"신청곡은 비치 보이스의 「캘리포니아 걸스California Girls」.
옛 생각이 나게 하는 곡이죠. 어떠세요? 짐작이 가시나요?"

나는 잠깐 생각하고 나서 전혀 모르겠다고 대답했다.

"으음…… 곤란한데요. 만약 누구인지 알아맞히면 특
별히 제작한 티셔츠를 보내드리겠습니다. 좀 더 생각해
보세요."

나는 다시 한번 생각해봤다. 이번에는 아주 조금이긴

하지만 기억의 저편에서 뭔가가 희미하게 떠올랐다.

"캘리포니아 걸스…… 비치 보이스…… 어때요, 생각이 났습니까?"

"그러고 보니 오 년쯤 전에 같은 반 여학생에게서 비슷한 레코드를 빌린 적이 있습니다."

"어떤 여잔데요?"

"수학여행 때 그 애가 떨어뜨린 콘택트렌즈를 찾아줬더니 그 보답으로 레코드를 빌려줬습니다."

"콘택트렌즈를요…… 그런데 레코드는 돌려주셨나요?"

"아뇨, 잃어버렸습니다."

"그러면 안 되죠. 사서라도 돌려줘야죠. 여자에게 빌려는 줘도…… 딸꾹…… 빌리지는 말라는 말이 있잖습니까. 알고 계시죠?"

"네."

"좋습니다. 오 년 전 수학여행에서 콘택트렌즈를 떨어뜨린 그녀, 물론 이 방송을 듣고 계시겠죠? 네에, 그런데 그녀의 이름은요?"

나는 가까스로 생각해낸 이름을 말했다.

"네에, 그가 레코드를 사서 돌려준다고 합니다. 잘됐군요…… 그런데 몇 살이죠?"

"스물한 살입니다."

"한창 좋을 때군요. 학생이신가요?"

"네."

"……딸꾹……."

"네?"

"전공이 뭐냐고요."

"생물학입니다."

"호오…… 동물을 좋아하십니까?"

"네."

"어떤 점이 좋습니까?"

"……웃지 않는다는 점이라고 할까요."

"동물은 웃지 않나 보죠?"

"개나 말은 조금 웃습니다."

"어떤 때?"

"즐거울 때."

나는 몇 년 만에 갑자기 화가 나기 시작했다.

"그럼…… 딸꾹…… 코미디를 하는 멍멍이도 있을 수 있겠군요."

"당신이 바로 그런지도 모르죠."

"핫핫핫핫핫!"

캘리포니아 걸스

동쪽 바닷가의 아가씨들은 멋쟁이.
패션도 멋져요.
남부 아가씨들의 걸음걸이, 말씨,
오, 모두들 반하고 말지.
중서부의 상냥한 시골 아가씨,
가슴속에 깊이 파고드네.
북부의 귀여운 아가씨,
당신을 황홀하게 만드네.
멋진 아가씨들이 모두,
캘리포니아 걸이라면……

티셔츠는 그로부터 사흘째 되던 날 오후에 우송되었다.

이렇게 생긴 셔츠다.

이튿날 아침 나는 그 뻣뻣한 새 티셔츠를 입고, 한참 동안 항구 근처를 정처 없이 거닐다가 눈에 띈 작은 레코드 가게의 문을 열었다. 가게에는 손님은 없고 점원 아가씨만 혼자 카운터에 앉아 있었다. 그녀는 따분한 얼굴로 전표를 점검하며 캔 콜라를 마시고 있었다.

나는 한동안 레코드 진열대를 둘러본 후에야 문득 그녀가 낯이 익다는 걸 깨달았다. 일주일 전 화장실에 쓰러져 있었던 새끼손가락이 없는 아가씨였다. 안녕, 하고 나는 인사했다. 그녀는 약간 놀란 표정으로 내 얼굴을 보고 티셔츠를 보더니 남은 콜라를 다 마셨다.

"여기서 일하고 있는 걸 어떻게 알아냈지?"

그녀는 체념한 듯이 그렇게 물었다.

"우연이야. 레코드를 사러 온 거라구."

"어떤 레코드?"

"「캘리포니아 걸스」가 들어 있는 비치 보이스의 LP."

그녀는 의심스럽다는 표정으로 고개를 끄덕이고 나서 일어나더니 레코드 선반으로 성큼성큼 걸어가, 잘 훈련

받은 개처럼 레코드를 끌어안고 돌아왔다.

"이거 말이야?"

나는 고개를 끄덕이고 주머니에 손을 찔러 넣은 채 가게 안을 빙 둘러봤다.

"그리고 베토벤의 피아노 협주곡 3번도."

그녀는 잠자코 이번에는 두 장의 LP를 들고 돌아왔다.

"글렌 굴드와 박하우스, 어느 쪽이 좋아?"

"글렌 굴드."

그녀는 한 장을 카운터에 내려놓고 나머지 한 장은 제자리에 갖다놓았다.

"다른 건 필요 없어?"

"「걸 인 캘리코A Gal in Calico」가 들어 있는 마일스 데이비스."

이번에는 시간이 좀 걸리긴 했지만, 그녀는 역시 레코드를 안고 돌아왔다.

"다음은?"

"그거면 됐어. 고마워."

그녀는 카운터 위에 세 장의 레코드를 늘어놓았다.

"이걸 전부 네가 들을 거야?"

"아니, 선물할 거야."

"통이 크군."

"그런가 봐."

그녀는 뭔가 답답하다는 듯 어깨를 으쓱하며 5,550엔이라고 했다. 나는 돈을 지불하고 레코드 꾸러미를 받아 들었다.

"어쨌든 네 덕분에 오전에 레코드를 세 장 팔았어."

"다행이네."

그녀는 한숨을 쉬며 카운터 안쪽 의자에 앉아서 전표 다발을 다시 들춰 보기 시작했다.

"언제나 혼자 가게를 봐?"

"다른 여자애가 한 명 더 있는데 지금은 식사하러 갔어."

"넌?"

"그 애가 돌아오면 교대할 거야."

나는 주머니에서 담배를 꺼내 불을 붙이고, 그녀가 일하는 모습을 잠시 동안 바라봤다.

"혹시 괜찮다면 같이 식사하지 않을래?"

그녀는 전표에서 눈을 떼지 않고 고개를 저었다.

"난 혼자 식사하는 걸 좋아해."

"그건 나도 그래."

"그래?"

그녀는 귀찮다는 듯이 전표를 옆으로 밀어놓은 후 플레이어에 하퍼스 비자르의 새 LP를 올려놓고 바늘을 내렸다.

"그러면서 왜 같이 식사를 하자는 거야?"

"가끔은 습관을 바꿔보고 싶어서."

"혼자 바꿔봐."

그녀는 다시 전표를 끌어당겨 하던 일을 계속했다.

"더 이상 나를 귀찮게 하지 마."

나는 고개를 끄덕였다.

"지난번에도 말한 것 같은데, 넌 정말 수준 이하야."

　그녀는 그렇게 말하고 나서 입술을 동그랗게 오므린 채, 네 손가락으로 전표 다발을 팔랑팔랑 넘겼다.

16

내가 제이스 바에 들어갔을 때, 쥐는 카운터에 팔꿈치를 괴고 앉아서 얼굴을 찡그린 채 전화번호부만큼이나 두꺼운 헨리 제임스의 엄청나게 긴 소설을 읽고 있었다.

"재미있어?"

쥐는 책에서 얼굴을 들고 고개를 가로저었다.

"아주 많은 책을 읽었어. 지난번에 너랑 얘기를 나누고서 말이야. '나는 빈약한 진실보다 화려한 허위를 사랑한다'라는 말 알아?"

"아니."

"로제 바딤이라는 프랑스 영화감독이 한 말이야. 이런 말도 있지. '뛰어난 지성이란 대립하는 두 개념을 동시에 포용하면서 그 기능을 충분히 발휘해가는 것이다.'"

"누가 한 말이야, 그건?"

"잊어버렸어. 정말 그렇다고 생각해?"

"거짓말이야."

"왜?"

"새벽 세 시에 잠이 깨서 배가 고프다고 치자. 냉장고를 열어봐도 아무것도 없어. 어떻게 하면 좋겠어?"

쥐는 잠시 생각하고 나서 큰 소리로 웃었다. 나는 J를 불러서 맥주와 감자튀김을 부탁한 다음 레코드 꾸러미를 꺼내 쥐에게 건넸다.

"뭐야, 이건?"

"생일 선물이야."

"내 생일은 다음 달이야."

"다음 달엔 내가 여기 없을 테니까."

쥐는 레코드 꾸러미를 든 채 생각에 잠겼다.

"그래? 네가 없으면 쓸쓸할 텐데."

쥐는 그렇게 말하고 나서 꾸러미를 풀어 레코드를 꺼낸 뒤 한동안 바라봤다.

"베토벤 피아노 협주곡 3번, 글렌 굴드, 레너드 번스타인. 음…… 들어본 적이 없는걸. 넌?"

"나도 없어."

"아무튼 고마워. 정확하게 말하면 굉장히 기뻐."

17

사흘 동안 나는 그녀의 전화번호를 찾아다녔다. 나에
게 비치 보이스의 LP를 빌려준 그 여학생의 전화번호 말
이다.

나는 고등학교 교무실에 가서 졸업생 명부를 뒤져 전
화번호를 알아냈다. 그런데 그 번호로 전화를 걸었더니
"이 번호는 결번입니다"라는 테이프에 녹음된 소리가 들
려왔다. 나는 전화국 번호 안내에 전화를 걸어 그녀의 이
름을 말했지만, 교환수는 5분 동안 찾다가 그런 이름은
어떤 전화번호부에도 나와 있지 않다고 했다. "그런 이
름은"이라는 말투가 마음에 들었다. 나는 고맙다는 인사
를 하고 전화를 끊었다.

이튿날 나는 같은 반이었던 몇 사람에게 전화를 걸어
그녀에 대해 알고 있는 게 없냐고 물어봤다. 그러나 아무
도 그녀에 대해 무엇 하나 아는 게 없었으며, 대부분은
그녀가 존재했던 사실조차 기억 못 하고 있었다. 마지막
한 녀석은 무슨 까닭에서인지 너 같은 놈하고는 말도 하
고 싶지 않아,라며 전화를 끊어버렸다.

사흘째 되는 날 나는 다시 한번 고등학교 교무실에 가서 그녀가 진학한 대학의 이름을 알아냈다. 시내에 있는 이류 여자대학의 영문과였다. 나는 대학 사무실에 전화를 걸어서, 매코믹 샐러드드레싱의 모니터링 담당자인데 앙케트 문제로 그녀와 연락을 취하고 싶으니 정확한 주소와 전화번호를 알려달라, 죄송하지만 중요한 용건이라서 그런다, 하고 공손히 말했다. 직원은 알아볼 테니까 15분 뒤에 다시 전화를 걸어달라고 했다.

맥주를 한 병 마시고 나서 전화를 거니, 직원은 그녀가 올 3월에 자퇴서를 냈다고 가르쳐줬다. 요양하기 위해 그만두었다는 이야기는 해줬지만 그녀가 무슨 병인지, 지금은 샐러드를 먹을 수 있을 정도로 회복되었는지, 그리고 왜 휴학계가 아닌 자퇴서를 냈는지에 대해서는 전혀 모르고 있었다.

옛날 주소라도 괜찮으니까 알 수 없겠냐고 묻자, 직원은 옛 주소를 가르쳐줬다. 학교에서 가까운 하숙집이었다. 그곳에 전화를 걸자 여주인 같은 사람이 전화를 받더니, 그녀는 봄에 나갔는데 그 이후의 행선지는 모른다며 전화를 끊었다. 그런 것 따윈 궁금하지도 않다는 식의 말투였다.

그것이 나와 그녀를 연결해주는 마지막 실마리였다.

나는 집으로 돌아와 혼자 「캘리포니아 걸스」를 들으면서 맥주를 마셨다.

18

전화벨이 울렸다.

나는 등나무 의자에 앉아 반쯤 졸면서, 펼쳐져 있는 책을 멍하니 바라보고 있었다. 빗발이 굵은 소나기가 뜰의 나뭇잎을 적시고는 물러갔다. 비가 지나간 뒤에는 바다 냄새가 나는 눅눅한 남풍이 불기 시작해, 베란다에 늘어놓은 관엽식물의 잎을 살며시 흔들고 커튼을 흔들었다.

"여보세요. 나 누군지 알겠어?"

여자가 말했다. 마치 불안정한 테이블에 얇은 유리잔을 살짝 올려놓은 듯한 말투였다.

나는 잠시 생각하는 척했다.

"레코드는 잘 팔려?"

"그저 그래. ……불경기인 모양이야. 틀림없이. 아무도 레코드 같은 걸 듣지 않는다구."

"그래."

그녀는 수화기의 가장자리를 손톱으로 톡톡 쳤다.

"네 전화번호를 찾느라 꽤 고생했어."

"그래?"

"제이스 바에 가서 물어봤더니 가게 주인이 당신 친구한테 물어봐주더라. 키가 크고 조금 이상한 사람 말이야. 몰리에르를 읽고 있었어."

"그랬어?"

침묵.

"모두들 서운해하던데. 일주일 동안이나 나타나지 않는 걸 보면 어디가 아픈 게 아니겠냐면서."

"내가 그렇게 인기 있는 줄은 미처 몰랐는데."

"……나한테 화났어?"

"뭣 때문에?"

"너무 심한 소리를 해서. 그래서 사과하고 싶었어."

"이봐, 나에 대해서라면 신경 쓰지 않아도 돼. 그래도 마음에 걸린다면 공원에 가서 비둘기한테 콩이라도 뿌려줘."

그녀가 한숨을 쉬고 담배에 불을 붙이는 소리가 수화기 저편에서 들려왔다. 귀 기울이니 밥 딜런의 「내슈빌 스카이라인Nashville Skyline」도 들렸다. 가게에서 전화를 거는 모양이었다.

"네가 어떻게 느끼느냐 하는 문제가 아니야. 최소한 내가 그런 식으로 얘기하지 말았어야 했어." 그녀가 빠른

어조로 말했다.

"자신한테 엄격하군."

"응. 그러고자 하는 생각을 항상 가지고 있어."

그녀는 잠시 침묵했다.

"오늘 밤에 만날 수 있을까?"

"좋지."

"여덟 시에 제이스 바에서. 괜찮아?"

"알았어."

"…… 있지, 나 여러 가지로 안 좋은 일이 많았어."

"알아."

"고마워."

그녀가 전화를 끊었다.

19

이야기를 하자면 길지만, 나는 스물한 살이다.

아직 충분히 젊기는 하지만 이전만큼 젊지는 않다. 만일 그게 마음에 들지 않는다면, 일요일 아침 엠파이어스테이트 빌딩 옥상에서 뛰어내리는 수밖에 없다.

대공황을 다룬 옛날 영화에서 이런 우스갯소리를 들은 적이 있다.

"나는 엠파이어스테이트 빌딩 아래를 지나갈 때는 언제나 우산을 펴서 들고 걷는다네. 왜냐하면 위에서 사람들이 줄줄이 떨어지거든."

나는 스물한 살이고 적어도 지금 죽을 생각은 없다. 나는 지금까지 세 명의 여자와 잤다.

첫 여자는 고등학교 때 같은 반 여자아이였는데, 그때 우리는 열일곱 살이었고 서로를 사랑한다고 굳게 믿고 있었다. 황혼 녘의 풀숲 속에서 그녀는 갈색 슬립온 슈즈를 벗고, 흰 면양말을 벗고, 연녹색 면 원피스를 벗고, 사이즈가 맞지 않는다는 걸 확실히 알 수 있는 기묘한 속옷을 벗고, 조금 망설인 뒤에 손목시계까지 풀었다. 그러고 나서 우리는 일요일 자『아사히신문』위에서 관계를 가졌다.

우리는 고등학교를 졸업하고 몇 달 후 갑작스레 헤어졌다. 이유는 잊어버렸는데, 잊어버릴 정도의 이유였을 것이다. 그 이후 그녀와는 한 번도 만나지 않았다. 잠이 오지 않는 밤에 나는 가끔 그녀를 생각한다. 그뿐이다.

두 번째 상대는 지하철 신주쿠역에서 만난 히피 여자아이였다. 그녀는 열여섯 살로, 가진 돈도 없고 잠잘 데도 없고, 게다가 가슴도 거의 없었지만, 눈은 영리해 보이고 예뻤다. 그날은 신주쿠에서 가장 격렬한 데모가 있었던 날로, 밤에는 전철과 버스 등 모든 교통수단이 운행하지 않았다.

"그런 곳에서 얼쩡거리다간 잡혀 들어갈걸?"

그녀는 폐쇄된 개찰구 안에 웅크리고 앉아서 쓰레기통에서 주운 스포츠신문을 읽고 있었다.

"하지만 경찰서에서 밥은 먹여주잖아."

"혼쭐이 날 텐데?"

"벌써 익숙해졌으니까, 괜찮아."

나는 담배에 불을 붙이고 그녀에게도 한 개비를 줬다.
최루탄 가스 때문에 눈이 따끔거렸다.

"밥을 못 먹은 거야?"

"아침부터."

"뭘 좀 먹여줄게. 어쨌든 밖으로 나가자."

"왜 먹여준다는 거지?"

"글쎄."

왜인지는 나도 알 수 없었지만 나는 그녀를 개찰구에서 데리고 나와 인적이 끊긴 길을 지나 메지로까지 걸어갔다.

그 지독하게 말이 없는 여자아이는 일주일가량 내 아파트에 머물렀다. 그녀는 매일 정오가 지난 후에야 일어나 식사하고, 담배를 피우고, 멍하니 책을 읽고, 텔레비전을 보고, 이따금 나와 시큰둥하게 섹스를 했다. 그녀의 유일한 소지품은 흰 캔버스 천 가방으로, 그 속에는 두꺼운 점퍼와 티셔츠 두 장, 청바지 하나, 더러워진 속옷 세 장과 탐폰이 한 통 들어 있었다.

"어디서 왔어?"

언제인가 나는 그렇게 물어봤다.

"당신이 모르는 곳에서."

그녀는 그렇게만 대답하고 더 이상 입을 열지 않았다.

어느 날 슈퍼마켓에서 식료품 봉지를 끌어안고 돌아와 보니 그녀가 보이지 않았다. 그녀의 흰 가방도 보이지 않았다. 가방 외에도 사라진 게 몇 가지 있었다. 책상 위에 아무렇게나 던져놓은 얼마 안 되는 동전과 담배 한 보루, 그리고 빨아놓은 내 티셔츠. 책상 위에는 메모인 듯한, 노트를 찢은 종잇조각이 있었는데, 거기에는 단 한 마디, '징그러운 놈'이라고 쓰여 있었다. 아마도 나를 두고 한 말일 것이다.

세 번째 상대는 대학 도서관에서 알게 된 불문과 여학생이었다. 하지만 그녀는 이듬해 봄방학에 테니스 코트 옆의 초라한 잡목림 속에서 목매달아 죽었다. 그녀의 시신은 새 학기가 시작될 때까지 사람들 눈에 띄지 않아서, 2주일 내내 바람을 맞으며 매달려 있었다. 요즘은 날이 저물면 아무도 그 숲 근처에 가지 않는다.

20

그녀는 제이스 바의 카운터에 불편해 보이는 모습으로 걸터앉아서, 얼음이 거의 녹아버린 진저에일 잔의 밑바닥을 빨대로 휘젓고 있었다.

"오지 않을 줄 알았어."

내가 옆에 앉자 그녀가 조금은 안심했다는 듯이 말했다.

"난 약속을 어기진 않아. 볼일이 있어서 조금 늦은 것뿐이야."

"어떤 볼일인데?"

"구두. 구두를 닦았어."

"그 농구화를 말하는 거야?"

그녀가 내 농구화를 손가락으로 가리키며 의아스러운 듯이 물었다.

"설마. 아버지 구두 말이야. 자식은 모름지기 아버지의 구두를 닦아야 한다는 게 가훈이거든."

"왜?"

"글쎄, 아마 구두가 뭔가를 상징한다고 생각하시는 모양이야. 어쨌든 아버지는 매일 밤 어김없이 여덟 시면 집에 들어오시고, 난 구두를 닦아. 그러고 나서 언제나 맥주를 마시러 뛰쳐나오지."

"좋은 습관이네."

"그렇게 생각해?"

"응. 아버지에게 감사해야 해."

"아버지 발이 두 개밖에 없다는 사실에는 늘 감사하고 있어."

그녀가 킬킬거렸다.

"틀림없이 훌륭한 집안일 거야."

"그럼, 훌륭한 데다 돈도 없으니 너무 기뻐서 눈물이 날 지경이지."

그녀는 빨대 끝으로 진저에일을 계속 휘저어대고 있었다.

"하지만 우리 집이 훨씬 가난해."

"어떻게 알지?"

"냄새로 알아. 부자가 부자 냄새를 맡을 수 있듯이 가난한 사람은 가난한 사람의 냄새를 맡을 수 있거든."

나는 J가 가져온 맥주를 잔에 따랐다.

"부모님은 어디에 계셔?"

"얘기하고 싶지 않아."

"왜?"

"훌륭한 사람은 자기 집안의 복잡한 사정 같은 건 남에게 얘기하지 않아. 안 그래?"

"네가 훌륭한 사람이라고?"

15초 동안 그녀는 생각했다.

"그렇게 되고 싶다고 생각해. 상당히 진지하게. 누구나 그렇지 않을까?"

나는 그 질문에는 대답하지 않기로 했다.

"하지만 얘기하는 편이 나을 거야."

대답 대신에 그렇게 말했다.

"왜?"

"어차피 언젠가는 누군가에게 얘기하게 될 테고, 나라면 들은 얘기를 아무에게도 하지 않을 테니까."

그녀는 웃으면서 담배에 불을 붙이고, 연기를 세 차례 내뿜는 동안 잠자코 카운터의 나뭇결을 바라봤다.

"아버지는 오 년 전에 뇌종양으로 돌아가셨어. 아주 지독했어. 꼬박 이 년 동안 고생하셨지. 우리는 그 때문에 돈을 몽땅 써버렸어. 완전히 빈털터리가 되어버린 거야. 더군다나 식구들은 모두 지쳐서 뿔뿔이 흩어져버리고. 흔히 있는 얘기지. 안 그래?"

나는 고개를 끄덕였다.

"어머니는?"

"어딘가에 살아 계실 거야. 해마다 연하장이 오니까."

"별로 좋아하지 않는 것 같군."

"맞아."

"형제는?"

"나하고 쌍둥이인 여동생이 있어."

"어디에 있는데?"

"삼만 광년 정도 떨어진 먼 곳에."

그녀는 그렇게 말하고 나서 신경질적으로 웃으며 진저에일 잔을 옆으로 밀어놓았다.

"가족을 헐뜯는 건 분명히 좋은 일은 아닌가 봐. 기분이 우울하네."

"신경 쓸 거 없어. 누구나 뭐가 됐든 문젯거리를 끌어안고 사는 법이니까."

"너도 그래?"

"그럼. 언제나 셰이빙 크림 통을 움켜잡고 엉엉 울거든."

그녀는 즐거운 듯이 웃었다. 몇 년 만에 웃어보는 것 같은 웃음이었다.

"왜 진저에일 같은 걸 마시는 거야? 설마 술을 끊은 건 아니겠지?"

"그럴 작정이었는데 지금부터 그만둘래."

"뭘 마실 건데?"

"아주 차가운 백포도주."

나는 J를 불러서 맥주와 백포도주를 주문했다.

"쌍둥이 자매가 있다는 건 어떤 느낌이야?"

"글쎄, 이상한 기분이야. 똑같은 얼굴에, 똑같은 지능지수에, 똑같은 사이즈의 브래지어를 하고…… 항상 짜증스러웠어."

"사람들이 자주 혼동했어?"

"응, 여덟 살 때까지는. 그해에 난 손가락이 아홉 개가 되었거든. 그 이후로는 아무도 혼동하지 않아."

그녀는 그렇게 말하고 연주회 때 피아니스트가 의식을 집중하듯이 양손을 단정하게 모은 채 카운터 위에 올려놓았다. 나는 그녀의 왼손을 잡고 다운라이트의 빛 아래서 주의 깊게 살펴봤다.

칵테일 잔처럼 싸늘하고 작은 손에는 태어날 때부터 그랬던 것처럼 아주 자연스럽게 네 손가락이 나란히 자리 잡고 있었다. 그 자연스러움은 기적에 가까운 것이었으며, 적어도 손가락이 여섯 개 있는 것보다는 훨씬 설득력이 있었다.

"여덟 살 때 진공청소기의 모터에 새끼손가락이 끼어서 잘려 나갔어."

"지금은 어디에 있지?"

"뭐가?"

"새끼손가락 말이야."

"잊어버렸어. 그런 걸 물은 사람은 네가 처음이야."

그렇게 말하며 그녀는 웃었다.

"새끼손가락이 없는 게 마음에 걸려?"

"응. 장갑을 낄 때."

"그 밖에는?"

그녀는 고개를 저었다.

"전혀 없다고 말하면 거짓말이겠지. 하지만 다른 여자애들이 목이 굵다고 고민하고 정강이에 털이 많아서 신경 쓰는 것과 비슷한 정도야."

나는 고개를 끄덕였다.

"넌 뭐 하는데?"

"대학에 다녀. 도쿄에 있는."

"방학 동안 집에 와 있는 거구나."

"응."

"전공이 뭐야?"

"생물학. 동물을 좋아하거든."

"나도 동물을 좋아해."

나는 잔에 남은 맥주를 단숨에 들이켜고 감자튀김을 몇 개 집어 먹었다.

"있잖아…… 인도의 바갈푸르에 살던 유명한 표범은 삼 년 동안 인도 사람을 삼백오십 명이나 잡아먹었대."

"그래?"

"그리고 표범을 잡기 위해 초청되어 온 영국인 짐 콜벳 대령은 그 표범을 포함해서 팔 년 동안 백스물다섯 마리의 표범과 호랑이를 쏘아 죽였어. 그래도 동물이 좋아?"

그녀는 담배를 비벼 끄고 포도주를 한 모금 마시고 나서 감탄한 듯이 한동안 내 얼굴을 바라봤다.

"넌 분명히 조금 비정상이야."

세 번째 여자 친구가 죽고 나서 보름 뒤 나는 미슐레의
『마녀』를 읽었다. 좋은 책이다. 거기에 이런 구절이 있었다.

로렌 지방의 훌륭한 재판관 레미는 팔백 명의 마녀를 불
태워 죽였는데, 그는 이 '공포 정치'를 자랑스러워하며 이
렇게 말했다.

"나의 정의正義는 너무나도 널리 알려졌기 때문에, 지난
번 체포된 열여섯 명은 처형당하기도 전에, 자기 스스로
목을 매 죽었을 정도다."

"나의 정의는 너무나도 널리 알려졌기 때문에"라는 대
목이 뭐라 말할 수 없을 정도로 멋지다.

전화벨이 울렸다.

나는 수영장에 다닌 덕분에 새빨갛게 탄 얼굴을 카마인 로션으로 식히고 있는 중이었다. 열 번이나 벨이 울리도록 두었지만 그치질 않아, 얼굴 위에 바둑판 모양으로 예쁘게 늘어놓은 화장 솜을 떼어내고 의자에서 일어나 수화기를 집어 들었다.

"안녕? 나야."

"응."

"뭐 하고 있었어?"

"아무것도 안 했어."

나는 목에 두른 타월로 따끔거리는 얼굴을 닦았다.

"어제는 즐거웠어. 오랜만에 말이야."

"다행이네."

"그건 그렇고…… 비프스튜 좋아해?"

"응."

"비프스튜를 만들었는데, 나 혼자 먹어 치우려면 일주일은 걸릴 것 같아. 먹으러 오지 않을래?"

"나쁘지 않군."

"좋아, 한 시간 안에 와. 늦게 오면 전부 쓰레기통에 던져버릴 거야. 알았지?"

"그건……."

"난 기다리는 건 딱 질색이거든. 그뿐이야."

그녀는 내가 입을 여는 것도 기다리지 않고 전화를 끊었다.

나는 다시 소파에 누워 라디오의 「톱 포티」를 들으면서 10분쯤 멍하니 천장을 바라봤다. 그리고 욕실에서 뜨거운 물로 정성 들여 수염을 깎고 세탁소에서 막 배달되어 온 셔츠와 버뮤다팬츠를 입었다. 상쾌한 저녁이었다. 나는 해안을 따라서 석양을 바라보며 운전했고 국도에 들어서기 직전에 차가운 포도주 두 병과 담배 한 보루를 샀다.

그녀가 식탁을 정리하고 그 위에 새하얀 식기를 늘어놓는 동안, 나는 포도주 병의 코르크 마개를 과일칼 끝으로 비틀어 열었다. 비프스튜의 습한 열기 때문에 방 안은 굉장히 습하고 더웠다.

"이렇게 더울 줄은 상상도 못 했어. 꼭 지옥 같아."

"지옥은 훨씬 더 덥지."

"실제로 구경하고 온 사람처럼 말하네."

"어떤 사람한테서 들었어. 너무나 더워서 머리가 돌 지경이 되면 조금 시원한 곳으로 보내준대. 그리고 그곳에서 조금 회복이 되면 다시 원래 있던 곳으로 보내진대."

"사우나탕 같네."

"그런 거지. 하지만 더러는 머리가 완전히 돌아버려서 원래 있던 곳으로 돌아가지 못하는 녀석도 있지."

"그런 사람은 어떻게 한대?"

"천국으로 데려간대. 그리고 그곳에서 벽에 페인트칠을 하라고 시킨대. 천국의 벽은 항상 하얀색이어야 하니까. 얼룩이라도 생기게 되면 곤란하지. 이미지가 나빠지거든. 그렇게 매일 아침부터 밤까지 페인트칠만 하다 보니 대개 기관지가 나빠지지."

그녀는 더 이상 아무것도 묻지 않았다. 나는 병 속에 떨어진 코르크 마개의 찌꺼기를 조심스럽게 제거하고 잔 두 개에 포도주를 따랐다.

"차가운 포도주와 따뜻한 마음."

건배할 때, 그녀가 말했다.

"그건 무슨 말이야."

"텔레비전 광고야. 차가운 와인과 따뜻한 마음. 본 적

없어?"

"없는데."

"텔레비전 안 봐?"

"조금은 보지. 옛날에는 자주 봤지만. 제일 좋아하는 프로그램이 「돌아온 래시」였어. 물론 맨 처음 제작된 걸로."

"동물을 좋아하는구나."

"물론이지."

"난 시간만 있으면 하루 종일 텔레비전을 봐. 뭐든지 다 보거든. 어제는 생물학자와 화학자가 토론하는 걸 봤어. 혹시 너도 봤어?"

"아니."

그녀는 포도주를 한 모금 마시고 기억해내려는 듯 가볍게 고개를 흔들었다.

"파스퇴르는 과학적 직감력을 가지고 있었어."

"과학적 직감력?"

"……그러니까, 보통 과학자들은 이런 식으로 생각해. A는 B, B는 C, 고로 A는 C, Q.E.D(수학에서 증명을 마칠 때 쓰는 기호:옮긴이), 그렇지?"

나는 고개를 끄덕였다.

"파스퇴르는 달랐어. 그의 머릿속에 있는 건 A는 C, 그뿐이었어. 증명 같은 건 전혀 하지 않았고. 하지만 그의 이론이 옳다는 건 역사가 증명해줬고, 그는 평생 동안 헤아릴 수 없이 많은 귀중한 발견을 했어."

"종두법."

그녀는 포도주 잔을 식탁에 내려놓고, 기가 막힌다는 얼굴로 나를 봤다.

"이봐, 종두법은 제너가 발견한 거 아냐? 그러고도 용케 대학에 붙었네."

"……광견병의 항체, 그리고 저온살균이던가?"

"정답."

그녀는 이를 보이지 않고 의기양양하게 웃고 나서 포도주를 쭉 들이켠 뒤 다시 자기 잔에 포도주를 따랐다.

"텔레비전 토론회에서는 그런 능력을 과학적 직감력이라고 했어. 너한테도 그런 게 있어?"

"거의 없지."

"있으면 좋을 것 같아?"

"뭔가에 도움이 될지도 모르지. 여자와 잘 때 써먹을 수 있을지도 모르고."

그녀는 큰 소리로 웃으며 부엌으로 가서 스튜 냄비와 샐러드 그릇과 롤빵을 가지고 왔다. 활짝 열어둔 창문으로 시원한 바람이 조금씩 불어오기 시작했다.

우리는 레코드를 들으면서 천천히 식사를 했다. 그동
안 그녀는 주로 나의 대학 생활과 도쿄에서의 생활에 대
해 물었다. 별로 재미있는 이야기는 아니었다. 고양이를
사용한 실험 이야기나(물론 죽이지는 않는다고 거짓말을 했
다. 주로 심리적인 실험이라고. 하지만 나는 두 달 동안에 서른여섯
마리의 크고 작은 고양이를 죽였다), 데모나 동맹 수업 거부에
관한 이야기였다. 나는 경찰 기동대원에게 얻어맞아서
부러진 앞니를 보여줬다.

"복수하고 싶어?"

"아니."

"왜? 내가 너라면 그 경찰을 찾아내서 쇠망치로 이빨을
몇 개 부러뜨려놓겠어."

"나는 나고, 어차피 모두 끝난 일이야. 게다가 기동대원
의 얼굴은 모두 비슷해서 나를 때린 기동대원을 찾아내
긴 힘들 거야."

"그럼, 의미가 없잖아?"

"의미?"

"앞니까지 부러진 의미 말이야."

"없어."

그녀는 재미없다는 듯이 웅얼거리더니 비프스튜를 한 입 먹었다.

우리는 식사를 끝낸 후 커피를 마시고 비좁은 부엌에 나란히 서서 설거지를 한 다음, 식탁으로 돌아와 담배에 불을 붙이고 MJQ(모던 재즈 쿼텟)의 레코드를 들었다.

그녀는 젖꼭지 모양이 선명하게 비치는 얇은 셔츠에, 허리 언저리가 헐렁한 면 반바지를 입고 있었다. 더군다나 식탁 아래에서 우리의 발이 여러 번 부딪쳐서 그때마다 내 얼굴은 조금씩 붉어졌다.

"맛있었어?"

"굉장히 맛있었어."

그녀는 가볍게 아랫입술을 깨물었다.

"왜 언제나 물어보기 전에는 아무 말도 하지 않아?"

"글쎄…… 버릇이라고나 할까? 언제나 중요한 건 꼭 말하는 걸 잊어버려."

"충고 한마디 해도 돼?"

"해봐."

"그 버릇을 고치지 않으면 손해 볼 거야."

"아마 그렇겠지. 하지만 고물 자동차와 같아서 어딘가를 수리하면 다른 곳이 한층 더 두드러지거든."

그녀는 웃으면서 레코드를 마빈 게이로 바꿨다. 시곗바늘은 여덟 시 가까이를 가리키고 있었다.

"오늘 밤에는 구두를 닦지 않아도 괜찮아?"

"밤에 닦지 뭐. 이 닦을 때 함께."

그녀는 식탁에 가느다란 팔꿈치를 얹고 그 위에 기분 좋은 듯이 턱을 괸 채, 내 눈을 들여다보며 이야기했다. 그런데 그 자세는 나를 무척 당황스럽게 만들었다. 나는 담배에 불을 붙이거나 창밖을 바라보는 시늉을 하면서 몇 번이나 눈길을 돌리려 했지만, 그때마다 그녀는 더욱 재미있다는 듯이 나를 바라봤다.

"믿어도 좋을 것 같아."

"뭘?"

"네가 지난번에 나한테 아무 짓도 하지 않았다는 걸."

"왜 그렇게 생각하지?"

"듣고 싶어?"

"아니, 됐어."

"그렇게 말할 줄 알았어."

그녀는 킬킬거리며 웃고 나서 내 잔에 포도주를 따라주

고는 뭔가를 생각하듯이 어두운 창문을 바라봤다.

"이따금, 누구에게도 폐를 끼치지 않고 살아갈 수만 있다면 얼마나 좋을까, 하고 생각해. 그게 가능할까?" 그녀가 물었다.

"글쎄."

"혹시 너한테 폐를 끼치고 있는 건 아닐까?"

"걱정할 거 없어."

"지금 현재는 말이지?"

"그래, 지금 현재는."

그녀는 테이블 너머로 살며시 손을 뻗어서 내 손에 포개고, 한참 동안 그대로 있다가 손을 거두었다.

"내일 여행을 갈 거야."

"어디로?"

"정하지는 않았어. 조용하고 시원한 곳으로 갈 생각이야. 일주일 정도."

나는 고개를 끄덕였다.

"돌아오면 전화할게."

⊙

　돌아오는 길에 차 안에서 갑자기 처음으로 데이트했던 여자를 떠올렸다. 7년 전 이야기다.

　나는 데이트를 하는 동안 처음부터 끝까지 따분하지 않냐고 계속 물어봤던 것 같다.

　우리는 엘비스 프레슬리가 주연한 영화를 봤다. 주제가는 이런 노래였다.

　나는 그녀와 말다툼을 했네.

　그래서 그녀에게 편지를 썼지.

　미안해, 내가 잘못했어,라고.

　그러나 편지는 되돌아왔네.

　주소 불명, 수취인 불명이라며.

시간은 너무나도 빨리 흐른다.

23

내가 세 번째로 잤던 여자는 내 페니스를 "당신의 레종 데트르(존재 이유 : 옮긴이)"라고 불렀다.

⊙

나는 전에 인간의 존재 이유를 테마로 한 짧은 소설을 쓰려고 했던 적이 있다. 결국 소설은 완성하지 못했지만, 나는 그동안 줄곧 인간의 '레종 데트르'에 대해 생각했고, 덕분에 기묘한 버릇이 생겼다. 모든 사물을 수치로 바꾸지 않고는 견딜 수 없는 버릇이었다. 약 여덟 달 동안 나는 그런 충동에 시달렸다. 전철에 타자마자 승객 수를 헤아리고, 계단 수를 전부 세고, 시간만 나면 맥박 수를 셌다. 당시의 기록에 따르면, 1969년 8월 15일부터 이듬해 4월 3일 사이에 나는 강의에 358번 출석했고, 섹스를 54번 했고, 담배를 6,921개비 피운 것으로 되어 있다.

그때 나는 그런 식으로 모든 걸 수치로 바꿔놓음으로써 타인에게 뭔가를 전할 수 있을지도 모른다고 진지하게 생각했다. 그리고 타인에게 전할 뭔가가 있는 한, 나는 확실히 존재한다고 생각했다. 그러나 당연한 일이지만, 내가 피운 담배 개비의 수나 올라간 계단의 수나 내페니스의 크기에 대해 어느 누구도 관심을 갖지 않았다. 나는 자신의 레종 데트르를 상실하고 외톨이가 되었다.

◉

그렇기 때문에 그녀가 죽었다는 소식을 들었을 때, 나는 6,922개비째의 담배를 피우고 있었다.

24

그날 밤 쥐는 맥주를 한 방울도 마시지 않았다. 그것은 결코 좋은 징조가 아니었다. 그대신 짐빔을 온더록스로 내리 다섯 잔이나 마셨다.

우리는 가게 안쪽의 어두운 곳에 놓여 있는 핀볼 기계를 상대하며 시간을 보냈다. 약간의 동전에 대한 대가로 죽은 시간을 제공해주는 가치 없는 기계다. 하지만 쥐는 어떤 것에 대해서나 진지했다. 그렇기 때문에 그날 밤 여섯 번의 게임에서 내가 두 번이나 이길 수 있었던 건 거의 기적에 가까운 일이었다.

"왜 그래?"

"아무 일도 아니야." 쥐가 대답했다.

우리는 카운터로 돌아와 맥주와 짐빔을 마셨다.

한 마디도 하지 않고 입을 꽉 다문 채 주크박스에서 차례차례 흘러나오는 노래를 그냥 멍하니 들었다. 「에브리데이 피플Everyday People」, 「우드스톡Woodstock」, 「스피릿 인더 스카이Spirit in the Sky」, 「헤이 데어 론리 걸Hey There Lonely

Girl」…….

"부탁이 있어." 쥐가 말했다.

"뭔데?"

"사람을 만나줬으면 좋겠어."

"……여자?"

잠시 머뭇거리고 나서 쥐는 고개를 끄덕였다.

"왜 나한테 부탁하는 거지?"

"달리 누가 있겠어?"

쥐는 빠른 말투로 그렇게 말하고는 여섯 잔째 위스키를
한 모금 마셨다.

"양복하고 넥타이 있어?"

"그야 물론 있지. 하지만……."

"내일 오후 두 시. 그런데 여자는 도대체 뭘 먹고 살아간
다고 생각해?"

"구두 바닥."

"설마."

25

쥐가 좋아하는 음식은 갓 구운 핫케이크다. 그는 그걸 오목한 접시에 여러 개 포개놓고 칼로 정확하게 네 조각 낸 다음 그 위에 콜라를 한 병 붓는다.

내가 쥐의 집에 처음 갔을 때, 그는 5월의 부드러운 햇살 아래에 테이블을 내놓고, 그 괴상한 음식물을 한창 위장 속으로 집어넣는 중이었다.

"이 음식의 뛰어난 점은 식사와 음료수가 일체화되어 있다는 거야"라고 쥐는 말했다.

나무들이 무성하게 우거진 넓은 정원에는 다양한 색깔과 모습의 들새가 모여들어 잔디밭 하나 가득히 뿌려진 하얀 팝콘을 열심히 쪼아 먹고 있었다.

26

내가 세 번째로 잤던 여자에 대해 이야기하겠다.

죽은 사람에 대해 이야기하기란 매우 어려운 일이지만, 젊은 나이에 죽은 여자에 대해 이야기하는 건 더더욱 어렵다. 죽었기에, 그들은 영원히 젊기 때문이다.

반면에 살아남은 우리는 해마다, 달마다, 날마다 나이를 먹어간다. 때때로 나 자신은 한 시간마다 나이를 먹어가는 것 같은 느낌조차 든다. 끔찍한 일이지만 그것은 사실이다.

◉

그녀는 결코 미인은 아니었다. 그러나 '미인은 아니었다'라는 표현은 정당하지 않다. '그녀는 그녀에게 어울릴 만큼의 미인은 아니었다'라고 하는 게 정확한 표현인 것 같다.

나는 그녀의 사진을 딱 한 장 가지고 있다. 뒷면에는 1963년 8월이라고 적혀 있는데, 케네디 대통령이 머리에

111

총을 맞은 해다. 그녀는 피서지 같아 보이는 어떤 바닷가의 방조제에 앉아서 조금 어색하게 미소 짓고 있다. 머리칼은 진 시버그처럼 짧게 깎았고(그 머리 모양은 나치스의 아우슈비츠 수용소를 연상시켰다), 빨간색 깅엄 원피스를 입고 있다. 그녀는 약간 어설퍼 보이면서도 아름다웠다. 보는 사람의 마음속 가장 섬세한 부분까지 꿰뚫을 것 같은 아름다움이었다.

가볍게 다문 입술, 섬세한 촉수처럼 살짝 위를 향한 코, 자기가 직접 자른 것 같은 앞머리는 넓은 이마에 아무렇게나 흘러내려 있고, 거기서부터 약간 도톰한 뺨에 걸쳐 여드름 자국이 희미하게 남아 있다.

그녀는 열네 살이었고, 그때가 그녀가 살아온 21년의 인생에서 가장 아름다운 순간이었다. 그리고 그 가장 아름다운 순간은 갑자기 사라져버렸다고밖에 생각되지 않는다. 어떤 이유로, 또 어떤 목적으로 그런 일이 일어날 수 있었는지 나는 알 수가 없다. 그것은 어느 누구도 알수 없다.

◉

　그녀는 진지하게(농담이 아니라) 자기가 대학에 들어간
건 하늘의 계시를 받기 위해서라고 말했다. 그때는 새벽
네 시가 되기 조금 전이었고 우리는 벌거벗은 채 침대 속
에 있었다. 나는 하늘의 계시가 어떤 거냐고 물어봤다.

　그녀는 "그걸 어떻게 알 수 있겠어"라고 말하고 조금
뒤에 이렇게 덧붙였다. "그건 천사의 날개처럼 하늘에서
내려오는 거야."

　나는 천사의 날개가 대학 캠퍼스로 내려오는 모습을
상상해봤는데, 멀리서 보면 그건 마치 티슈처럼 보일 것
같았다.

◉

　그녀가 왜 죽었는지는 아무도 모른다. 그녀 자신조차
알고 있었는지 어쩐지 미심쩍다고 나는 생각한다.

27

끔찍한 꿈을 꾸었다.

나는 커다란 검은 새가 되어 서쪽을 향해 정글 위를 날고 있었다. 깊은 상처를 입었고, 날개에는 핏자국이 검게 엉겨 붙어 있었다. 서쪽 하늘에는 불길한 검은 구름이 하늘 가득 퍼지기 시작했고 주위에서는 희미한 비 냄새가 났다.

꿈을 꾼 건 오랜만이었다. 너무나 오랜만이라 그게 꿈이었다는 걸 깨닫기까지 한동안 시간이 걸렸다.

나는 침대에서 일어나 온몸에 끈적끈적하게 배어난 땀을 샤워로 씻어내고, 토스트와 사과주스로 아침을 대강 때웠다. 담배와 맥주 때문에 목구멍에서는 마치 오래된 솜을 쑤셔 박은 것 같은 맛이 났다.

그릇을 싱크대에 던져 넣고, 올리브그린색 면 양복과 되도록 잘 다림질된 셔츠, 그리고 검은 니트 넥타이를 골라서, 그것들을 손에 들고 응접실의 에어컨 앞에 앉았다.

텔레비전 뉴스의 아나운서는 오늘이 금년 들어 가장 더운 날이 될 겁니다, 하고 의기양양하게 단언하고 있었다. 나는 텔레비전을 끄고 옆의 형 방으로 들어가서 방대한 책 더미 속에서 몇 권을 골라, 응접실 소파에 드러누워 그 책들을 봤다.

2년 전, 형은 방 안 가득한 책과 여자 친구를 남겨놓은 채 이유도 말하지 않고 미국으로 가버렸다. 그녀와 나는 이따금 함께 식사를 한다. 그녀는 우리 형제가 정말로 많이 닮았다고 했다.

"어디가요?" 나는 깜짝 놀라서 그녀에게 물어봤다.

"전부 닮았어요" 하고 그녀는 말했다.

그 말이 맞을지도 모른다. 그건 우리가 10년도 넘게 교대로 구두를 닦아온 탓일 것이다.

시곗바늘이 열두 시를 가리켰다. 나는 바깥의 더위를 상상하고는 진저리 치면서 넥타이를 매고 재킷을 입었다.

시간은 충분하고 해야 할 일은 아무것도 없었다. 나는 차를 타고 거리를 천천히 돌았다. 바다로부터 산을 향해 뻗은 비참할 정도로 좁고 긴 거리다. 강과 테니스 코트, 골프 코스, 즐비하게 늘어선 넓은 저택, 벽 그리고 벽, 몇 개의 아담한 레스토랑, 고급 의상실, 낡은 도서관, 달맞이꽃이 무성한 들판, 원숭이 우리가 있는 공원. 거리는 언제나 똑같았다.

나는 야마노테 지역 특유의 구불구불한 길을 한동안 돌고 나서 강을 따라 내려가 하구 근처에 차를 세우고 강물에 발을 담갔다. 테니스 코트에서는 보기 좋게 선탠을 한 여자 두 명이 흰 모자를 쓰고 선글라스를 낀 채 공을 주고받고 있었다. 햇살은 오후가 되자 갑자기 강렬해져서 그들이 라켓을 휘두를 때마다 그들의 땀이 코트로 튀었다.

나는 5분가량 그 모습을 바라보고 나서 차로 돌아와 시트를 뒤로 젖히고 눈을 감은 채 한동안 파도 소리에 뒤섞인 공 치는 소리를 멍하니 들었다. 부드러운 남풍이 실어다준 바다 내음과 불타는 듯한 아스팔트 냄새가 나로 하여금 오래전의 여름날을 생각나게 했다. 여자의 피부 온기, 오래된 로큰롤, 갓 세탁한 버튼다운 셔츠, 풀장 탈의실에서 피어오른 담배 냄새, 어렴풋한 예감, 모두 언제 끝날지 모르는 달콤한 여름날의 꿈이었다.

어느 해 여름(언제였던가?), 꿈은 두 번 다시 돌아오지 않았다.

내가 두 시 정각에 제이스 바 앞에 차를 세웠을 때, 쥐는 가드레일에 걸터앉아서 카잔차키스의 『예수 다시 십자가에 못박히다』를 읽고 있었다.

"그녀는 어디 있어?" 내가 물었다.

쥐는 잠자코 책을 덮고 차에 올라타더니 선글라스를 꼈다.

"안 만나기로 했어."

"안 만난다고?"

"안 만난다니까."

나는 한숨을 쉬며 넥타이를 느슨하게 풀고, 재킷을 벗어 뒷좌석에 던지고 나서 담배에 불을 붙였다.

"그럼, 어디로 갈까?"

"동물원."

"좋지."

28

거리에 대해 이야기하자. 내가 태어나고, 자라고, 처음으로 여자와 관계를 가진 거리다.

앞은 바다, 뒤는 산, 옆에는 거대한 항구가 있는 아주 작은 거리다. 항구에서 돌아오는 길, 국도에서 속도를 낼 때에는 담배를 피우지 않는다. 성냥불을 켜고 나면 차는 벌써 그 거리를 지나 있기 때문이다.

인구는 7만이 조금 넘는데 이 숫자는 5년 뒤에도 거의 변하지 않을 것이다. 사람들 대부분은 정원이 딸린 이층집에서 살고, 차를 가지고 있고, 그들 중 적지 않은 집이 두 대 이상 갖고 있다.

이 숫자는 내가 멋대로 상상한 게 아니라 연말에 시청 통계과가 정식으로 발표한 것이다. 이층집이라는 점이 좋다.

쥐는 삼층집에 살고 있다. 옥상에는 온실까지 있다. 비탈을 깎아 만든 지하는 차고로 쓰이는데, 거기에는 아버지의 벤츠와 쥐의 트라이엄프 TR3가 사이좋게 서 있다. 이상하게도 쥐의 집에서 가장 가정다운 분위기를 풍기는 곳이 바로 이 차고였다. 소형 비행기가 완전히 들어갈 수 있을 정도로 넓은 차고에는 구형이 되어버렸거나 싫증 난 텔레비전, 냉장고, 소파, 테이블 세트, 오디오, 식기장, 그런 것들이 빽빽이 늘어서 있고, 우리는 자주 그곳에서 맥주를 마시면서 즐거운 시간을 보내곤 했다.

나는 쥐의 아버지에 대해서는 거의 모른다. 만난 적도 없다. 어떤 분이냐고 내가 물으면, 쥐는 자기보다 훨씬 나이가 많고, 남자라고 단호하게 말했다.

소문에 따르면, 그의 아버지는 옛날에는 무척이나 가난했던 모양이다. 제2차 세계대전 전의 일이다. 그는 전쟁이 시작되기 직전 고생 끝에 화학약품 공장을 손에 넣었고 방충 연고를 만들어 팔았다. 그 약의 효과에는 꽤 미심쩍은 구석이 있었지만, 운 좋게도 전선이 남쪽으로 이동하면서 연고는 날개 돋친 듯이 팔리기 시작했다.

전쟁이 끝나자 쥐의 아버지는 연고를 창고에 처박아놓고 이번에는 수상한 영양제를 팔기 시작하더니, 한국전쟁이 끝날 무렵에는 갑자기 그걸 가정용 세제로 갈아 치웠다. 그것들의 성분이 전부 같았다는 이야기다. 있을 법한 일이다.

25년 전 뉴기니의 정글에는 방충 연고를 잔뜩 바른 일본군 시체가 산을 이뤘고, 지금은 어느 가정이나 화장실에 그것과 똑같은 마크가 붙은 화장실용 파이프 광택제가 굴러다니고 있다.

그렇게 해서 쥐의 아버지는 부자가 되었다.

물론 내 친구 중에는 가난한 집의 아이도 있었다. 그 친구의 아버지는 시내버스 운전사였다. 아마 부자인 버스 운전사도 있겠지만, 내 친구의 아버지는 가난한 버스 운전사였다. 그의 부모님은 거의 집에 없었기 때문에 나는 자주 친구 집에 놀러 갔다. 친구 아버지는 버스를 운전 중이거나 경마장에 있었고, 어머니는 하루 종일 파트타임으로 일했다.

그는 내 고등학교 동창인데, 우리가 친구가 된 데는 어떤 계기가 있었다.

어느 날 점심시간에 내가 소변을 보고 있는데 그가 옆으로 와서 바지의 지퍼를 내렸다. 우리는 아무 말 없이 동시에 볼일을 보고 함께 손을 씻었다.

"야, 좋은 게 있어." 그가 바지 엉덩이 쪽에 손을 닦으면서 말했다.

"그래?"

"보여줄까?"

그는 지갑에서 사진 한 장을 꺼내 나에게 건넸다. 알몸의 여자가 가랑이를 쫙 벌리고, 그곳에 맥주병을 꽂고 있는 사진이었다.

"굉장하지?"

"그렇군."

"집에 가면 훨씬 더 굉장한 사진이 있어."

그렇게 해서 우리는 친구가 되었다.

거리에는 여러 종류의 사람들이 살고 있다. 나는 18년 동안 이곳에서 정말 많은 것을 배웠다. 거리는 내 마음속에 굳건히 뿌리를 내렸고, 추억의 대부분은 이곳과 연결되어 있다. 그러나 대학으로 진학한 봄에 이 거리를 떠났을 때, 나는 진심으로 안도의 숨을 내쉬었다.

여름방학과 봄방학 때 나는 이 거리로 돌아오지만 대개는 맥주를 마시면서 시간을 보낸다.

29

쥐는 일주일가량 컨디션이 아주 나빴다. 가을이 다가
온 탓도 있을 테고, 그 여자 때문일지도 모른다. 쥐는 그
에 대해서는 한 마디도 하지 않았다.

쥐의 모습이 보이지 않을 때, 나는 J를 붙잡고 넌지시
떠봤다.

"쥐가 왜 저러는지 알아요?"

"글쎄, 나도 잘 모르겠는데. 여름이 끝나가고 있기 때
문일까?"

가을이 다가오면 쥐는 언제나 우울해했다. 우두커니
카운터에 앉아서 책을 보고, 내가 말을 걸어도 시큰둥한
태도로 마지못해 건성으로 대답할 뿐이었다. 저녁 무렵
선선한 바람이 불고 주변에서 아주 조금이라도 가을 냄
새가 느껴질 때면, 쥐는 맥주를 끊고 버번을 온더록스로
마구 마셔댔다. 그리고 카운터 옆에 있는 주크박스에 쉴
새 없이 돈을 집어넣고, 반칙 사인이 나올 때까지 핀볼
기계를 발로 차서 J를 당혹스럽게 했다.

"아마 혼자 남겨지는 듯한 기분이 들어서 그럴 거야.

그 마음은 이해하지." J가 말했다.

"그런가요?"

"모두들 어디론가 가버리니까. 학교로 돌아가거나 직장으로 돌아가잖아. 자네도 그렇잖아?"

"그렇죠."

"그러니까 자네가 이해해줘."

나는 고개를 끄덕이며 물었다.

"그 여자는요?"

"시간이 지나면 잊어버리겠지."

"뭔가 안 좋은 일이라도 있었나요?"

"글쎄."

J는 말끝을 흐리며 다른 일을 했다. 나도 그 이상은 아무것도 묻지 않았으며 주크박스에 동전을 넣고 몇 곡을 고른 다음 카운터로 돌아와 맥주를 마셨다.

10분 정도 있다가 J가 다시 내 앞에 왔다.

"쥐가 자네한테 아무 말도 하지 않았어?"

"그렇다니까요."

"이상하군."

"뭐가요?"

J는 손에 든 잔을 몇 번씩이나 닦으면서 생각에 잠겼다.

"틀림없이 자네와 의논하고 싶었을 텐데."

"왜 안 했을까요?"

"말하기가 거북한 거야. 바보 취급 당할 것 같아서."

"바보 취급 같은 건 하지 않아요."

"그렇게 보여. 전부터 그런 느낌이 들었어. 자넨 다정하지만 뭐랄까, 모든 걸 달관한 것 같은 분위기를 풍겨……뭐 나쁜 뜻으로 말하는 건 아니야."

"알아요."

"다만 난 자네보다 스무 살이나 연상이고 그만큼 여러 가지 일을 많이 겪었지. 그러니까 이건 뭐라고 할까……."

"노파심."

"그래."

나는 웃고 나서 맥주를 마셨다.

"쥐한테는 내가 먼저 말을 꺼내볼게요."

"그래. 그러는 게 좋겠어."

J는 담뱃불을 끄고 일을 했다. 나는 자리에서 일어나 화장실에 가서, 손을 씻는 김에 얼굴을 거울에 비춰봤다. 그리고 자리로 돌아와서 지겨운 기분으로 맥주 한 병을 더 마셨다.

30

누구에게나 쿨하게 살고 싶다고 생각하는 시절이 있다.

고등학교를 졸업할 무렵에 나는 마음속의 생각을 절반만 입 밖으로 내야겠다고 결심했다. 이유는 잊어버렸지만 나는 몇 년 동안 그 결심을 실행했다. 그러다가 어느 날, 내가 생각한 것을 절반밖에 이야기하지 못하는 인간이 되어버린 사실을 발견했다.

그것이 쿨한 것과 어떤 관계가 있는지는 잘 모른다. 그러나 1년 내내 성에 제거제를 넣어줘야 하는 구식 냉장고를 쿨하다고 부를 수 있다면, 나 또한 그렇다.

그런 이유로 나는 정체된 시간 속에서 이내 잠들려고 하는 의식을 맥주와 담배로 걷어차면서 이 글을 계속 쓰고 있다. 뜨거운 물로 여러 번 샤워하고, 하루에 두 번씩 수염을 깎고, 옛날 레코드를 몇 번씩이나 듣는다. 지금 내 뒤에서는 시대에 한참 뒤떨어진 피터 폴 앤드 메리가 노래하고 있다.

"이제 아무것도 생각하지 말자. 이미 다 지나간 일이잖아."

31

이튿날 나는 쥐를 불러서 야마노테에 있는 어느 호텔 풀장에 함께 갔다. 여름이 끝나가고 있었고 교통이 불편한 탓도 있고 해서 풀에는 사람이 열 명 정도밖에 없었다. 그중 절반은 수영보다는 일광욕에 열중하고 있는 미국인 숙박객이었다.

옛날 귀족의 별장을 개축한 호텔에는 잔디를 깐 훌륭한 정원이 있었고, 풀장과 본관을 경계 짓는 장미꽃 울타리를 따라서 나지막한 언덕을 올라가면 눈 아래로 바다와 항구와 거리가 훤히 내려다보였다.

나와 쥐는 25미터 풀을 경쟁하며 몇 번 왕복하고 나서 일광욕 의자에 나란히 앉아 시원한 콜라를 마셨다. 내가 호흡을 가다듬고 담배를 한 모금 피우는 동안, 쥐는 혼자서 기분 좋게 수영하고 있는 미국인 소녀를 멍하니 바라보고 있었다.

맑게 갠 하늘로 제트기 몇 대가 얼어붙은 듯한 흰 비행운을 남기며 날아가는 게 보였다.

"어릴 때는 비행기가 훨씬 많이 날아다녔던 거 같은데."

쥐가 하늘을 올려다보며 말을 이었다.

"대부분은 미군 비행기였지만 말이야. 프로펠러가 달리고 동체가 두 개인 비행기였지. 기억나?"

"P38?"

"아니, 수송기 말이야. P38보다 훨씬 컸지. 굉장히 낮게 비행하던 때가 있었어. 공군 마크까지 보였으니까……그리고 기억나는 게 DC6, DC7 그리고 세이버 제트기를 본 적이 있어."

"옛날얘기네."

"그래, 아이젠하워 대통령 때니까. 항구에 순양함이 들어오면 거리가 온통 MP(헌병)와 해군으로 가득 찼었지. MP는 본 적 있어?"

"응."

"많은 것이 사라져가지. 물론 군인을 좋아하는 건 아니지만……."

나는 고개를 끄덕였다.

"세이버는 정말 멋진 비행기였어. 네이팜탄만 떨어뜨리지 않는다면 말이야. 네이팜탄을 투하하는 걸 본 적 있어?"

"전쟁영화에서."

"인간은 정말 온갖 것을 고안해내. 그건 정말 잘 만들어졌단 말이야. 앞으로 십 년쯤 후에는 네이팜탄조차 그리워질지도 모르지."

나는 웃으면서 두 개비째의 담배에 불을 붙였다.

"비행기 좋아해?"

"옛날에는 조종사가 되고 싶었지. 하지만 눈이 나빠서 포기했어."

"그래?"

"하늘을 좋아해. 보고 있어도 질리지 않고, 보고 싶지 않을 땐 보지 않아도 되고 말이야."

쥐는 5분 동안 침묵을 지키다가 갑자기 입을 열었다.

"때때로 내가 부자라는 사실이 못 견딜 만큼 괴로울 때가 있어. 도망치고 싶어진다구. 알아?"

"모르지. 하지만 도망치면 되잖아. 정말로 그렇게 생각한다면 말이야."

나는 어이가 없었다.

"……아마 그게 제일 좋은 방법이겠지. 어딘가 모르는 곳으로 가서 처음부터 다시 시작하는 거야. 그것도 나쁘지는 않지."

"대학으로는 돌아가지 않고?"

"그만뒀거든. 돌아갈 수도 없어."

쥐의 눈은 선글라스 안쪽에서 여전히 수영하고 있는 소녀를 쫓고 있었다.

"왜 그만뒀는데?"

"글쎄, 지겨워서 아니겠어? 하지만 나도 나름대로 노력은 했어. 스스로도 믿을 수 없을 정도로 말이야. 나를 생각하는 것만큼이나 타인도 생각해봤고, 그 때문에 경찰한테 두들겨 맞기도 했어. 하지만 때가 되면 결국 모두 자기 자리로 돌아가더라. 그런데 나만은 돌아갈 자리가 없었던 거야. 의자 차지하기 게임 같은 거지."

"이제부터는 뭘 할 작정인데?"

쥐는 타월로 발을 닦으면서 한참 동안 생각했다.

"소설을 쓰려고 해. 어떻게 생각해?"

"물론 쓰면 되지."

쥐는 고개를 끄덕였다.

"어떤 소설?"

"좋은 소설이지. 나 자신에겐 말이야. 나한테 재능이 있다고는 생각하지 않아. 하지만 적어도 쓸 때마다 자기 자신이 계발되어가지 않으면 의미가 없다고 생각해. 안 그래?"

"그렇지."

"자신을 위해서 쓰느냐…… 아니면 매미를 위해서 쓰느냐지."

"매미?"

"그래."

쥐는 벗은 가슴에 매달려 있는 케네디 코인 펜던트를 잠깐 만지작거렸다.

"몇 년 전 여자 친구와 함께 나라로 여행 간 적이 있어. 굉장히 무더운 여름날 오후였지. 우리는 세 시간 동안 산길을 걸었는데, 그사이 우리가 만난 상대라곤 날카로운 울음소리를 남기며 날아오른 들새라든가 논두렁을 구르며 날개를 퍼덕거리던 유지매미 같은 것들뿐이었어. 아무튼 무지하게 더웠으니까. 한참 동안 걷다가 우리는 여름풀이 보기 좋게 가지런히 나 있는 비탈에 앉아서 상쾌한 바람을 맞으며 몸에 흐른 땀을 닦았지. 비탈 아래쪽에는 깊은 해자가 펼쳐져 있고, 그 건너편에는 나무가 울창하게 우거진 나지막한 섬 같은 고분이 있었어. 옛날 천황의 것이지. 본 적 있어?"

나는 고개를 끄덕였다.

"그때 생각했지. 왜 이렇게 거대한 걸 만들었을까……

물론 모든 무덤에는 의미가 있어. 어떤 사람이라도 언젠 가는 죽는다는 사실을 가르쳐주지. 그래도 그 무덤은 너무 거대하더라. 거대하다는 건 때때로 사물의 본질을 완전히 다른 것으로 바꾸어버려. 실제로 말이야. 그것은 전혀 무덤으로 보이지 않았어. 산이지. 해자의 수면은 개구리와 수초로 가득 차 있고 울타리 주위는 온통 거미줄투성이였어. 난 잠자코 고분을 바라보면서 수면을 가르는 바람 소리에 귀 기울였어. 그때 내가 느낀 기분을 도저히 말로는 다 표현할 수가 없어. 아니, 기분 같은 게 아니었어. 마치 뭔가에 푹 감싸인 듯한 감각이었지. 그러니까 매미나 개구리, 거미, 바람, 그 모든 게 하나가 되어 우주를 흘러가는 거지."

쥐는 그렇게 말하고 탄산이 빠진 콜라의 마지막 한 모금을 마셨다.

"글을 쓸 때마다 난 그 여름날의 오후와 나무가 울창한 고분을 떠올려. 그리고 이렇게 생각하지. 매미나 개구리, 거미, 여름풀 그리고 바람을 위해서 뭔가를 쓸 수 있다면 얼마나 멋질까 하고 말이야."

쥐는 이야기를 끝내자 목 뒤로 손깍지를 낀 채 잠자코 하늘을 바라봤다.

"그래서…… 글을 써봤어?"

"아니, 한 줄도 쓰지 않았어. 아무것도 쓸 수가 없어."

"그래?"

"그대들은 세상의 소금이니라."

"?"

"소금이 만일 그 맛을 잃으면 무엇으로 짜게 하겠는가?"

저녁때가 되어 해가 저물기 시작할 무렵에 우리는 풀
에서 나와 만토바니 악단이 연주하는 이탈리아 민요가
흐르는 호텔 바에 들어가 시원한 맥주를 마셨다. 넓은 창
문으로 항구의 불빛이 선명하게 보였다.

"여자 친구는 어떻게 된 거야?"

나는 큰맘 먹고 물어봤다.

쥐는 손등으로 입에 묻은 거품을 닦고 생각에 잠기듯이
천장을 바라봤다.

"솔직히 말하면, 그 일에 대해서는 너한테 아무 말도 하
지 않을 생각이었어. 바보 같은 얘기여서 말이야."

"하지만 지난번엔 의논하려고 했잖아?"

"그랬지. 그런데 하룻밤 생각하고 그만뒀어. 이 세상에
는 어떻게 손써볼 수 없는 일도 있더라."

"예를 들면?"

"예를 들면 충치 같은 거야. 어느 날 갑자기 쑤시기 시작해. 누가 위로해줘도 통증은 멈추지를 않아. 그렇게 되면 자기 자신에게 무척 화가 나기 시작하지. 그리고 그다음엔 자신에게 화를 내지 않는 녀석들한테 견딜 수 없이 화가 나기 시작하는 거야. 알겠어?"

"조금은."

나는 그렇게 대답하고 말을 이었다.

"하지만 잘 생각해봐. 조건은 모두 같아. 고장 난 비행기에 함께 탄 것처럼 말이야. 물론 운이 좋은 녀석도 있고 나쁜 녀석도 있겠지. 터프한 녀석이 있는가 하면 나약한 녀석도 있을 테고, 부자도 있고 가난뱅이도 있을 거야. 하지만 남들보다 월등히 강한 녀석은 아무 데도 없다구. 모두 같은 거야. 무엇인가를 가지고 있는 자는 언젠가는 그것을 잃어버리지 않을까 겁을 집어먹고 있고, 아무것도 갖지 못한 자는 영원히 아무것도 가질 수 없는 게 아닐까 걱정하고 있지. 모두 마찬가지야. 그러니까 빨리 그걸 깨달은 사람은 아주 조금이라도 강해지려고 노력해야 해. 시늉만이라도 좋아. 안 그래? 강한 인간 따윈 어디에도 없어. 강한 척할 수 있는 인간이 있을 뿐이야."

"한 가지 물어봐도 돼?"

나는 고개를 끄덕였다.

"넌 정말로 그렇게 믿고 있는 거야?"

"응."

쥐는 한참 동안 입을 다물고 맥주잔을 가만히 바라봤다.

"거짓말이라고 해주지 않을래?"

쥐는 진지하게 그렇게 말했다.

나는 차로 쥐를 집까지 데려다주고 나서 혼자 제이스 바에 들렀다.

"쥐와 얘기했어?" J가 물었다.

"얘기했어요."

"그거 다행이군."

J는 그렇게 말하고 내 앞에 감자튀김을 갖다놓았다.

32

데릭 하트필드는 방대한 작품량에도 불구하고, 인생이
나 꿈이나 사랑에 대해 직접 이야기하는 일이 극히 드문
작가였다. 비교적 진지한(진지하다는 건 우주인이나 도깨비
가 등장하지 않는다는 의미이지만) 반자전적 작품『무지개 둘
레를 한 바퀴 반』(1937)에서 하트필드는 야유와 험담, 농
담, 역설로 얼버무리며 아주 조금 자신의 속마음을 피력
했다.

나는 이 방에 있는 가장 신성한 책, 즉 알파벳순으로 된
전화번호부에게 진실만을 이야기할 것을 맹세한다. 인생
은 텅 비었다고. 그러나 물론 구원은 있다. 그도 그럴 것이
처음부터 완전히 텅 빈 것은 아니었기 때문이다. 우리는
고생에 고생을 거듭하며 열심히 노력하여 그것을 소모시
켜서 텅 비워버린 것이다. 어떻게 고생하고, 어떤 식으로
소모시켰는지는 여기에 일일이 쓰지 않겠다. 귀찮기 때문
이다. 그래도 꼭 알고 싶은 사람은 로맹 롤랑의『장 크리
스토프』를 읽어주기 바란다. 거기 전부 씌어 있다.

하트필드가『장 크리스토프』를 끔찍하게 좋아했던 이유는, 그 책이 한 사람의 탄생에서 죽음까지를 참으로 정성스럽게 차례대로 묘사하고 있는 데다 엄청나게 긴 소설이기 때문이다. 소설이란 정보인 이상 그래프나 연표로 표현할 수 있는 것이어야 한다는 게 그의 지론이었으며, 그 정확함은 양에 비례한다고 생각하고 있었기 때문이다.

톨스토이의『전쟁과 평화』에 대해 하트필드는 늘 비판적이었다. 물론 양적으로는 문제가 없다고 말했다. 그러나 거기에는 우주에 대한 관념이 결여되어 있으며, 그래서 작품이 아주 뒤죽박죽이란 인상을 받는다고 했다. '우주에 대한 관념'이라는 말을 하트필드가 사용했을 때, 그것은 대개 '불모성'을 의미했다.

하트필드가 가장 마음에 들어 했던 소설은『플랜더스의 개』다. 그는 "이보게, 자네는 그림을 위해 개가 죽는다는 걸 믿을 수 있나?" 하고 말했다.

어떤 신문 기자가 인터뷰 중에 하트필드에게 물었다.

"당신 소설의 주인공 월드는 화성에서 두 번 죽고, 금성에서 한 번 죽었습니다. 이건 모순 아닙니까?"

하트필드는 이렇게 대답했다.

"자네는 우주 공간에서 시간이 어떤 식으로 흐르는지 알고 있나?"

"아뇨, 모릅니다. 하지만 그런 건 아무도 모릅니다."

기자의 말에 하트필드는 이렇게 대답했다.

"누구나 다 알고 있는 걸 소설에 쓴다면 도대체 무슨 의미가 있겠나?"

◉

하트필드의 작품 중에 「화성의 우물」이라는 단편이 있다. 그의 작품 가운데서도 이색적인, 마치 레이 브래드버리의 출현을 암시하는 듯한 단편이다. 아주 오래전에 읽어서 자세한 부분은 잊어버렸지만 대강의 줄거리를 여기서 써보겠다.

화성의 지표에 무수히 파여 있는 바닥 없는 우물 속으로 내려간 청년의 이야기다. 몇만 년 전에 화성인이 판 우물인데, 이상하게도 그들은 모든 우물을 수맥을 피해서 팠다. 도대체 왜 그런 걸 팠는지는 아무도 모른다. 화성인은 그 우물 외에는 무엇 하나 남겨놓지 않았다. 문자도, 집도, 식기도, 쇠붙이도, 무덤도, 로켓도, 도시도, 자동판매기도, 조개껍데기조차 없었다. 우물뿐이었다. 그것을 문명이라고 부를 수 있는지 판단하는 것은 지구의 과학자에겐 어려운 일이었지만, 분명 그 우물은 아주 정교하게 만들어져서 몇만 년의 세월이 흐른 뒤에도 벽돌 하나 무너져 내리지 않은 상태였다.

몇 명의 탐험가와 조사대가 우물 속으로 내려갔다. 로프를 가진 사람들은 끝이 없는 우물의 깊이와, 옆으로 나 있는 긴 굴 때문에 되돌아와야만 했고, 로프를 지니지 않은 사람들은 누구도 돌아오지 못했다.

어느 날, 우주를 방황하던 한 청년이 우물 속으로 들어갔다. 그는 우주의 광대함에 권태를 느끼고, 아무도 모르게 죽으려 했다. 하지만 우물 밑으로 내려갈수록 조금씩 기분이 좋아졌고, 기묘한 힘이 부드럽게 그의 몸을 감싸기 시작했다. 1킬로미터가량 내려간 그는 적당한 굴을 발견하고 그곳으로 기어들어 구불구불한 길을 정처 없이 계속 걸어 들어갔다. 몇 시간을 걸었는지 알 수가 없었다. 시계가 멈춰버렸기 때문이다. 두 시간일지도 모르고 이틀일지도 몰랐다. 공복감이나 피로감은 전혀 없었으며, 처음에 느낀 기묘한 힘은 변함없이 그의 몸을 감싸고 있었다.

어느 순간, 그는 갑자기 햇빛을 느꼈다. 우물 속 옆으로 나 있는 굴이 다른 우물과 연결되어 있었던 것이다. 그는 우물을 기어 올라가 다시 지상으로 나왔다. 그는 우물 가장자리에 걸터앉아서 무엇 하나 가로막는 것이 없는 황야를 바라보고 태양을 바라봤다. 그런데 뭔가가 달랐다. 바람의 냄새, 태양…… 태양은 중천에 떠 있으면서, 마치 해 질 무렵처럼 오렌지색의 거대한 덩어리로 변해 있었다.

"앞으로 이십오만 년만 지나면 태양은 폭발하지. 쾅…… OFF라구. 이십오만 년. 대단한 시간은 아니지만 말이야."

바람이 그에게 속삭였다.

"나에 대해서는 신경 쓰지 않아도 돼. 그냥 바람이니까. 만일 자네가 화성인이라고 부르고 싶다면 그렇게 불러도 좋아. 나쁜 느낌은 아니니까. 하긴, 말 따윈 나한테 아무 의미도 없지만."

"그렇지만 말하고 있잖아."

"내가? 말하고 있는 건 자네지. 나는 자네의 마음에 힌트를 주고 있을 뿐이야."

"태양은 도대체 어떻게 된 거지?"

"늙었어. 죽어가고 있지. 나도, 자네도 어쩔 수가 없다구."

"왜 갑자기……?"

"갑자기가 아니야. 자네가 우물을 빠져나오는 동안에 십오억 년이라는 세월이 흘렀어. 자네들의 속담에도 있듯이 세월은 화살과 같아. 자네가 빠져나온 우물은 시간의 일그러짐에 따라서 파인 거야. 그러니까 우리는 시간 사이를 방황하고 있는 셈이지. 우주의 탄생에서 죽음까지를 말이야. 그렇기 때문에 우리에겐 삶도 없고 죽음도 없어. 그냥 바람이지."

"한 가지 물어도 괜찮을까?"

"얼마든지."

"당신은 뭘 배웠지?"

대기가 희미하게 흔들리고 바람이 웃었다. 그리고 다시금 영원한 정적이 화성의 지표를 뒤덮었다. 청년은 주머니에서 권총을 꺼내 총구를 관자놀이에 갖다 대고 살며시 방아쇠를 잡아당겼다.

33

전화벨이 울렸다.

"돌아왔어"라고 그녀가 말했다.

"만나고 싶어."

"지금 나올 수 있어?"

"물론이지."

"다섯 시에 YWCA 정문 앞에서 만나."

"YWCA에서 뭘 하는데?"

"불어 회화."

"불어 회화?"

"위 Oui."

나는 전화를 끊고 나서 샤워하고 맥주를 마셨다. 내가 맥주를 다 마셨을 때쯤 폭포 같은 소나기가 쏟아지기 시작했다.

내가 YWCA에 도착했을 때 비는 그쳤지만, 문을 나서는 젊은 여자들은 의심스러운 듯이 하늘을 올려다보면서 우산을 접었다 폈다 하고 있었다. 나는 정문 맞은편에 차를 세우고, 엔진을 끈 뒤 담배에 불을 붙였다. 비에 검게 젖은 기둥은 마치 황야에 서 있는 두 개의 묘비처럼 보였다. 지저분하고 음산한 YWCA 건물 옆에는 새로 지은 싸구려 임대 빌딩이 서 있고, 그 옥상에는 거대한 냉장고 광고판이 설치되어 있었다. 서른 살 남짓의 빈혈이 있어 보이는 여자가 앞치마를 두른 채 몸을 앞으로 숙이고, 즐거운 듯이 문을 열고 있는 덕분에 나는 냉장고 안을 엿볼 수 있었다.

  냉동 칸에는 얼음과 1리터짜리 바닐라 아이스크림, 냉동 새우 봉지, 둘째 단에는 계란 상자와 버터, 카망베르 치즈, 본리스 햄, 셋째 단에는 생선과 닭다리, 맨 밑의 플라스틱 박스에는 토마토, 오이, 아스파라거스, 양상추, 자몽, 문짝에는 코카콜라와 맥주가 큰 병으로 세 병씩, 그리고 우유가 들어 있었다.

  나는 그녀를 기다리는 동안 핸들에 몸을 기댄 채 냉장고 안의 음식물을 몽땅 먹어 치우는 순서를 생각해봤지만, 1리터짜리 아이스크림은 너무 양이 많고, 드레싱이 없다는 건 치명적이었다.

  그녀가 문밖으로 나온 것은 다섯 시가 조금 지났을 때

였다. 그녀는 라코스테의 핑크색 폴로셔츠와 흰색 면 미
니스커트를 입었고, 머리는 뒤로 묶고 안경을 끼고 있었
다. 일주일 사이에 그녀는 세 살 정도 나이가 더 들어 보
였다. 헤어스타일과 안경 탓인지도 모른다.

"엄청난 비였어."

조수석에 올라타자마자 그녀는 그렇게 말하고, 신경질
적으로 스커트 자락을 바로잡았다.

"젖었어?"

"조금."

나는 뒷좌석에서 수영장에 갔다 온 후 내팽개쳐뒀던
비치 타월을 집어서 그녀에게 건네줬다. 그녀는 그걸로
얼굴에 흘러내리는 땀을 훔치고 머리를 몇 번 닦고 나서
돌려줬다.

"비가 내리기 시작했을 때는 근처에서 커피를 마시고 있
었어. 홍수가 날 것 같더라구."

"그렇지만 그 덕에 시원해졌는걸."

"그렇네."

그녀는 고개를 끄덕이고 나서 팔을 차창 밖으로 내밀
어 밖의 온도를 확인했다. 나와 그녀 사이에는 요전에 만
났을 때와는 다른 왠지 어색한 분위기가 감돌고 있었다.

"여행은 즐거웠어?"

"여행 같은 건 가지 않았어. 너한테 거짓말을 했던 거야."

"왜 거짓말을 했지?"

"나중에 얘기해줄게."

34

나도 이따금 거짓말을 한다.

마지막으로 거짓말을 했던 건 작년이다.

거짓말을 하는 건 무척이나 불쾌한 일이다. 거짓말과 침묵은 현대의 인간 사회에 만연하고 있는 거대한 두 가지 죄악이라고도 말할 수 있다. 실제로 우리는 자주 거짓말을 하고, 자주 입을 다물어버린다.

그러나 만일 우리가 1년 내내 쉴 새 없이 지껄여대면서 그것도 진실만 말한다면, 진실의 가치는 없어져버릴지도 모른다.

⊙

작년 가을, 나와 여자 친구는 벌거벗은 채 침대에 누워 있었다. 그때 우리는 무척이나 배가 고팠다.

"뭐 먹을 만한 게 없을까?" 내가 물었다.

"찾아볼게."

그녀는 벌거벗은 채로 일어나 냉장고에서 빵을 찾아내

고, 양상추와 소시지로 간단한 샌드위치를 만들어 인스턴트커피와 함께 침대로 가져다줬다. 그날 밤은 10월치고는 추웠기 때문에 침대로 돌아온 그녀의 몸은 연어 통조림처럼 아주 차가워져 있었다.

"겨자는 없었어."

"이 정도면 훌륭하지."

우리는 이불로 몸을 감싼 채 샌드위치를 먹으며 텔레비전에서 방영하는 오래된 영화를 봤다.

「콰이강의 다리」였다.

마지막에 다리가 폭파되는 장면에서 그녀는 잠시 신음소리를 냈다.

"왜 저렇게 열심히 다리를 만들어?"

그녀는 넋을 잃고 망연히 서 있는 알렉 기네스를 가리키며 물었다.

"긍지를 잃지 않기 위해서지."

"으음……."

그녀는 입 안에 빵을 잔뜩 문 채 인간의 긍지에 대해 잠시 생각했다. 언제나 그렇지만 그녀의 머릿속에서 도대체 무슨 일이 일어나고 있는지 나로서는 상상도 할 수 없었다.

"나를 사랑해?"

"물론이지."

"결혼하고 싶어?"

"지금 당장?"

"언젠가…… 먼 훗날에 말이야."

"물론 결혼하고 싶어."

"하지만 내가 물어볼 때까지 그런 말은 한 마디도 하지 않았잖아."

"말하는 걸 잊었어."

"……아이는 몇 명 있으면 좋겠어?"

"세 명."

"아들? 딸?"

"딸 둘에 아들 하나."

그녀는 커피를 마셔 입 안의 빵을 삼키고는 뚫어질 듯이 내 얼굴을 쳐다봤다.

"거짓말쟁이!"

하고 그녀가 말했다.

그러나 그녀는 잘못 생각하고 있었다. 나는 한 가지밖에 거짓말을 하지 않았다.

35

우리는 항구 근처에 있는 작은 레스토랑에 들어가 간단하게 식사를 끝내고 나서, 블러디 메리와 버번을 주문했다.

"사실을 듣고 싶어?" 그녀가 물었다.

"작년에 소를 해부한 적이 있어."

"그래?"

"배를 가르고 보니까 위장 안에 한 줌의 풀밖에 들어 있지 않은 거야. 난 그 풀을 비닐봉지에 담아 집으로 가지고 돌아와서 책상 위에 놨어. 그리고 뭔가 불쾌한 일이 있을 때마다 그 풀을 보면서 이런 식으로 생각하기로 했어. 왜 소는 이렇게 맛없어 보이고 비참한 풀을 소중한 것이라도 되는 듯이 몇 번씩이나 되새김질해 먹는 걸까 하고 말이야."

그녀는 살짝 웃더니 입술을 오므리고는 한참 동안 내 얼굴을 바라봤다.

"알았어. 아무 말도 하지 않을게."

나는 고개를 끄덕였다.

"너한테 물어보고 싶은 게 있어. 괜찮을까?"

"얼마든지."

"사람은 왜 죽는 걸까?"

"진화하기 때문이지. 개체는 진화의 에너지를 견뎌낼 수 없어서 세대교체를 하거든. 물론, 이건 하나의 가설에 지나지 않지만 말이야."

"그럼 지금도 진화하고 있어?"

"조금씩은."

"왜 진화하는 거야?"

"그에 대해서도 여러 가지 의견이 있어. 다만 확실한 건 우주 자체가 진화하고 있다는 점이야. 거기에 어떤 방향성이나 의지가 개재되어 있느냐 하는 건 제쳐놓더라도, 우주는 진화하고 있고 결국 우리는 그 일부에 지나지 않아."

나는 위스키 잔을 내려놓고 담배에 불을 붙였다.

"그 에너지가 어디에서 오는지는 아무도 모르지."

"그래?"

"그렇다니까."

그녀는 손가락 끝으로 잔 안에 든 얼음을 빙글빙글 돌리면서 흰 테이블보를 물끄러미 바라보고 있었다.

"내가 죽고 나서 백 년쯤 지나면 어느 누구도 내 존재 같은 건 기억 못 하겠지?"

"그렇겠지."

나는 그렇게 대답했다.

우리는 레스토랑을 나와, 신기할 정도로 선명하게 노을이 진 조용한 창고 거리를 따라서 천천히 걸었다. 나란히 걷고 있자니 그녀의 머리카락에서 헤어 린스 냄새가 희미하게 풍겨 왔다. 버드나무 잎을 흔드는 바람은 아주 어렴풋하게 여름의 끝을 생각하게 했다. 잠시 걷다가 그녀가 손가락 다섯 개가 다 있는 손으로 내 손을 잡았다.

"언제 도쿄로 돌아가?"

"다음 주에. 시험이 있어."

그녀는 잠자코 있었다.

"겨울에는 다시 돌아올 거야. 십이 월 이십사 일이 생일이거든."

그녀는 고개를 끄덕였지만 뭔가 다른 생각을 하는 것 같았다.

"염소자리구나."

"맞아. 넌?"

"나도 같아. 일 월 십 일."

"왠지 손해 보는 별자리인 것 같아. 예수 그리스도처럼."

"그렇네."

그녀는 그렇게 말하고 내 손을 다시 잡았다.

"네가 없으면 쓸쓸할 것 같아."

"틀림없이 다시 만날 수 있을 거야."

그녀는 아무 말도 하지 않았다.

창고들은 무척 낡아서 벽돌과 벽돌 사이에 진녹색의 매끄러운 이끼가 단단히 들러붙어 있었다. 높고 어두운 창에는 단단해 보이는 쇠창살이 끼워져 있었고, 무겁고 녹슨 문에는 무역회사의 간판들이 걸려 있었다. 바다 내음이 뚜렷하게 느껴지는 곳에서 창고 거리는 끝이 났고, 버드나무 가로수도 이가 빠진 것처럼 끝나 있었다. 우리는 계속 걸어서 풀이 무성한 항만 철도의 레일을 넘어 인적 없는 제방의 창고 돌계단에 앉아 바다를 바라봤다.

정면에는 조선소 독의 등불이 어른거렸고, 그 주위에는 화물을 내려 흘수선이 올라온 그리스 국적의 화물선이 마치 내버려진 것처럼 떠 있었다. 흰 페인트가 칠해진 갑판은 바닷바람을 맞아 빨갛게 녹슬었고, 그 옆에는 병자의 부스럼 딱지처럼 조개껍데기가 다닥다닥 들러붙어 있었다.

우리는 꽤 오랫동안 입을 다물고 바다와 하늘과 배를 계속 바라봤다. 황혼 녘의 바람이 바다를 건너와서 풀을 흔드는 동안, 땅거미가 천천히 옅은 어둠으로 변하고 몇 개의 별이 독 위에서 깜빡이기 시작했다.

오랜 침묵 끝에, 그녀는 주먹 쥔 왼손으로 오른 손바닥을 신경질적으로 몇 번이나 두드렸다. 손바닥이 빨갛게 될 때까지 두드리더니 마치 맥이 빠진 것처럼 가만히 손바닥을 내려다봤다.

"모두들 꼴도 보기 싫어." 그녀가 불쑥 말했다.

"나도?"

"미안해."

그녀는 얼굴을 붉히고 마음을 바꾼 듯이 손을 다시 무릎 위에 올려놓았다.

"넌 싫어하지 않아."

"꼴도 보기 싫을 정도는 아니란 말이지?"

그녀는 살짝 미소를 지으며 고개를 끄덕이고 나서 가늘게 떨리는 손으로 담배에 불을 붙였다. 담배 연기는 바다에서 불어오는 바람을 타고 그녀의 머리카락 옆을 지나 어둠 속으로 사라졌다.

"혼자 가만히 앉아 있으면, 여러 사람이 나한테 말을 거는 소리가 들려. ……아는 사람, 모르는 사람, 아버지, 어머니, 학교 선생님, 여러 사람이."

나는 고개를 끄덕였다.

"대개 듣기 싫은 소리뿐이야. 너 같은 건 죽어버리라거나 아니면 경멸하는 말들……."

"어떤 말들인데?"

"말하고 싶지 않아."

그녀는 두 모금가량 피운 담배를 가죽 샌들로 밟아 끄고, 손가락 끝으로 살며시 눈을 눌렀다.

"병이라고 생각해?"

"글쎄."

나는 모르겠다는 듯이 고개를 흔들었다.

"걱정이 되면 의사를 만나보는 게 좋을 거야."

"괜찮아. 신경 쓰지 마."

그녀는 두 개비째의 담배에 불을 붙이고 웃으려 했지만, 생각처럼 되지 않았다.

"이런 얘기를 한 건 네가 처음이야."

나는 그녀의 손을 잡았다. 손은 계속 가늘게 떨렸고, 손가락과 손가락 사이에는 식은땀이 흥건히 배어 있었다.

"거짓말 따윈 정말 하고 싶지 않았어."

"알아."

우리는 다시 입을 다물었다. 제방에 부딪치는 작은 파도 소리를 들으면서 줄곧 침묵했다. 그것은 생각해낼 수도 없을 만큼 긴 시간이었다.

문득 정신을 차리고 보니 그녀는 울고 있었다. 나는 손가락으로 그녀의 눈물 젖은 뺨을 쓰다듬고 나서 어깨를 끌어안았다.

여름의 향기를 느낀 건 오랜만의 일이었다. 바다 내음, 먼 기적 소리, 여자의 피부 감촉, 헤어 린스의 레몬 향, 석양 무렵의 바람, 엷은 희망 그리고 여름날의 꿈……

그러나 그것은 마치 어긋나버린 트레이싱페이퍼처럼 모든 게 조금씩, 하지만 돌이킬 수 없을 정도로 옛날과는 달라져 있었다.

36

30분 정도 걸어서 그녀의 아파트에 도착했다.

기분 좋은 밤이었다. 울고 난 다음 그녀는 놀라우리만큼 명랑해졌다. 돌아오는 길에 우리는 몇 군데의 가게에 들러서 별로 소용도 없어 보이는 자질구레한 물건들을 샀다. 딸기 향 치약과 화려한 비치 타월, 몇 종류의 덴마크제 퍼즐, 여섯 가지 색 볼펜, 우리는 그런 걸 끌어안고 언덕길을 오르다가 이따금 멈춰 서서 항구 쪽을 돌아다봤다.

"아 참, 차를 세워두고 왔잖아?"

"나중에 가지러 가면 되지 뭐."

"내일 아침에 가면 안 될까?"

"상관없어."

우리는 계속 천천히 걸었다.

"오늘 밤은 혼자 있고 싶지 않아."

그녀는 보도에 깔린 돌을 바라보며 그렇게 말했다.

나는 고개를 끄덕였다.

"하지만 구두를 닦지 못할 텐데."

"가끔은 스스로 닦는 것도 괜찮겠지."

"스스로 닦을까?"

"꼼꼼한 양반이니까."

조용한 밤이었다.

그녀는 천천히 돌아눕더니 코끝을 내 오른쪽 어깨에 갖다 댔다.

"추워."

"춥냐고? 삼십 도는 될 텐데?"

"모르겠어. 추워."

나는 발치에 던져뒀던 홑이불을 집어 어깨까지 잡아당기고 그녀를 끌어안았다. 그녀는 덜덜 떨고 있었다.

"어디 아픈 거야?"

그녀는 가볍게 고개를 저었다.

"무서워."

"뭐가?"

"모든 게 다. 넌 무섭지 않아?"

"아니, 무섭지 않아."

그녀는 입을 다물었다. 그것은 내 대답의 존재감을 손바닥 위에 올려놓고 확인해보는 것 같은 침묵이었다.

"나하고 섹스하고 싶어?"

"응."

"미안해. 오늘은 안 돼."

나는 그녀를 끌어안은 채 잠자코 고개를 끄덕였다.

"수술한 지 얼마 안 됐거든."

"아기?"

"응."

그녀는 내 등에 두른 팔에서 힘을 빼고, 손가락 끝으로 등에다 조그만 원을 몇 번 그렸다.

"이상해. 아무것도 기억나지 않아."

"그래?"

"상대방 남자 말이야. 까맣게 잊어버렸어. 얼굴도 기억해낼 수가 없어."

나는 손바닥으로 그녀의 머리카락을 쓰다듬었다.

"좋아질 것 같은 느낌이 들었어. 아주 짧은 순간이었지만. ……누군가를 좋아해본 적 있어?"

"그럼."

"그녀의 얼굴을 기억해?"

나는 세 명의 얼굴을 떠올려보려 했지만, 이상하게도 누구 하나 똑똑히 기억해낼 수 없었다.

"아니."

"이상해. 왜 그럴까?"

"아마 그게 편하기 때문이겠지."

그녀는 옆얼굴을 내 맨가슴에 갖다 댄 채 잠자코 여러 번 고개를 끄덕였다.

"꼭 하고 싶으면 뭔가 다른……."

"아냐. 신경 쓰지 않아도 돼."

"정말?"

"그래."

그녀는 내 등에 두른 팔에 다시 힘을 줬다. 명치 언저리에 그녀의 유방이 느껴졌다. 견딜 수 없이 맥주를 마시고 싶어졌다.

"꽤 오래전부터 모든 일이 뒤틀리기만 했어."

"언제부터?"

"십이 년, 십삼 년 전쯤…… 아버지가 병에 걸린 해야. 그 전의 일은 아무것도 기억나지 않아. 계속 좋지 않은 일만 일어났어. 머리 위에선 언제나 나쁜 바람이 불고 있어."

"바람의 방향도 때가 되면 바뀔 거야."

"정말로 그렇게 생각해?"

"언젠가는."

그녀는 잠시 침묵했다. 사막 같은 건조한 침묵 속으로 내 말은 눈 깜짝할 사이에 삼켜졌고 씁쓸함만이 입 안에 남았다.

"몇 번씩이나 그렇게 생각하려고 했어. 하지만 언제나 실패했어. 사람도 좋아해보려 했고, 인내심을 가지려고도 했지만……."

우리는 더 이상 아무 말도 하지 않고 서로를 끌어안았다.

그녀는 내 가슴에 머리를 얹고 내 젖꼭지에 살짝 입술을 댄 채 잠든 것처럼 오랫동안 움직이지 않았다.

오랫동안, 정말로 오랫동안 그녀는 침묵했다. 나는 반쯤 졸면서 어두운 천장을 바라보고 있었다.

"엄마……."

그녀가 꿈꾸듯이 조용히 중얼거렸다. 그녀는 잠들어 있었다.

37

안녕하세요? 여기는 라디오 NEB, 「팝스 텔레폰 리퀘스트」 시간입니다. 다시 토요일 밤이 찾아왔습니다. 앞으로 두 시간 동안 멋진 음악을 맘껏 들어주세요. 그나저나 이제 여름도 거의 다 지나갔군요. 어때요, 괜찮은 여름이었나요?

오늘은 음악을 틀기 전에 청취자로부터 받은 편지 한 통을 소개하겠습니다. 내용을 읽어보죠. 이런 편지입니다.

안녕하세요?

매주 즐겁게 이 프로그램을 듣고 있습니다. 이번 가을이 오면 입원을 한 지도 벌써 삼 년째가 되는군요. 세월은 정말 빠르게 흐르는 것 같습니다. 물론 에어컨을 틀어놓은 병실에서 창밖으로 간신히 바깥 경치나 바라보고 있는 제게 계절의 변화 같은 건 아무런 의미도 없지만, 그래도 하나의 계절이 지나가고 새로운 계절이 찾아온다는 건 역시 가슴 두근거리는 일입니다.

저는 열일곱 살 소녀로, 지난 삼 년 동안 책도 읽지 못하고, 텔레비전도 보지 못하고, 산책도 하지 못하고…… 아니, 그 정도가 아니라 침대에 일어나 앉지도, 몸을 뒤척이지도 못하며 살아왔습니다. 이 편지는 줄곧 저를 간호해 주고 있는 언니에게 써달라고 부탁한 겁니다. 언니는 저를 간호하기 위해 대학을 그만두었습니다. 물론 저는 언니에게 진심으로 고마워하고 있습니다.

제가 지난 삼 년 동안 침대 위에서 배운 건, 아무리 비참한 상황에서라도 사람은 무엇인가 배울 수 있으며, 그렇기 때문에 조금씩이라도 살아 나갈 수 있다는 겁니다.

제 병은 척추 신경 계통의 병이라고 합니다. 무척 골치 아픈 병이긴 하지만 회복될 가능성은 있습니다. 삼 퍼센트밖에 안 되지만요……. 이건 의사 선생님(멋진 분입니다)께서 가르쳐주신 것으로 저와 비슷한 병에 걸렸다가 회복된 예의 수치입니다. 그분의 말에 따르면, 이는 신인 투수가 자이언츠를 상대로 노히트노런을 하는 것보다는 쉽지만, 완봉승을 하는 것보다는 조금 어려운 것이라고 합니다.

때때로 만일 회복이 안 된다면, 하는 생각을 할 때마다 너무 무서워서 비명을 지르고 싶을 정도입니다. 평생 이런 식으로 돌처럼 침대에 누운 채 천장만 바라보고, 책도 읽지 못하고, 바람 속을 걷지도 못하고, 누구에게도 사랑

받지 못하며 몇십 년 동안 병원에서 나이를 먹고, 쓸쓸하게 죽어간다고 생각하면 견딜 수 없이 슬퍼집니다. 새벽세 시쯤에 잠이 깨면, 이따금 제 척추가 조금씩 녹아내리는 소리가 들려오는 것만 같은 느낌이 듭니다. 실제로 그럴지도 모르고요.

이런 우울한 얘기는 이제 그만할래요. 그리고 언니가 하루에도 수백 번씩 제게 말하듯이 좋은 일만 생각하도록 노력해보겠습니다. 또 밤에는 시간 맞춰 자도록 하겠습니다. 절망적인 생각은 대개 한밤중에 떠오르니까요.

병원의 창문에서는 항구가 보입니다. 매일 아침 저는 침대에서 일어나 항구까지 걸어가 바다 내음을 가슴 가득히 들이마실 수 있다면 얼마나 좋을까 하고 상상합니다. 단한 번이라도 좋으니까 그렇게 할 수만 있다면, 이 세상이왜 이런 식으로 이루어져 있는지 알게 될지도 모른다는 생각이 듭니다. 그리고 아주 조금이라도 그걸 이해할 수있다면, 침대 위에서 생을 끝낸다고 해도 참고 견딜 수 있을 것 같습니다.

그럼 안녕. 건강하세요.

이름은 쓰지 않았군요.

저는 이 편지를 어제 오후 세 시가 조금 지나서 받았습니다. 방송국 커피숍에서 커피를 마시면서 이 편지를 읽고, 저녁때 일이 끝난 후 항구까지 걸어가서 산 쪽을 바라봤습니다. 청취자님의 병실에서 항구가 보인다면, 항구에서도 병실이 보일 테니까요.

산 쪽에는 정말 많은 불빛이 보였습니다. 물론 어느 불빛이 청취자님의 병실인지는 알 수 없었습니다. 어떤 것은 가난한 집의 불빛일 테고, 어떤 것은 커다란 저택의 불빛일 겁니다. 어떤 것은 호텔의 불빛이고, 학교와 회사의 불빛도 있을 겁니다. 참으로 다양한 사람들이 저마다의 삶을 살아가고 있구나, 하는 생각이 들었습니다.

그런 생각이 든 건 처음이었습니다. 그런 생각을 하다 보니 갑자기 눈물이 쏟아지더군요. 눈물을 흘린 건 정말 오랜만이었습니다. 하지만 청취자님을 동정해서 운 건 아닙니다. 제가 말하고 싶은 건 이런 겁니다. 한 번만 말할 테니까 잘 들어주세요.

나는 • 여러분을 • 좋아한다.

앞으로 10년 후에도 이 프로그램과 제가 들려준 레코

드, 그리고 저에 대해 기억한다면 지금 제가 한 말을 떠올려주십시오.

그녀의 신청곡을 들려드리겠습니다. 엘비스 프레슬리의 「굿 럭 참Good Luck Charm」. 이 곡이 끝나면 앞으로 한 시간 오십 분 동안 다시 평상시와 다름없이 코미디 하는 충실한 멍멍이로 돌아가겠습니다.

들어주셔서 감사합니다.

38

도쿄로 돌아가는 날 저녁, 나는 여행 가방을 들고 제이
스 바에 얼굴을 내밀었다. 아직 가게 문을 열지는 않았지
만 J는 나를 안으로 들어오게 하고 맥주를 줬다.

"오늘 밤에 버스 타고 돌아가요."

J는 감자튀김을 만들기 위해 감자 껍질을 벗기면서 몇
번 고개를 끄덕였다.

"자네가 없으면 쓸쓸해서 어쩌지. 원숭이 콤비도 이제
해산이군."

J는 카운터 위에 걸려 있는 판화를 가리키며 그렇게 말
했다.

"쥐도 틀림없이 서운해할 거야."

"그렇겠죠."

"도쿄는 재미있을까?"

"어디나 마찬가지죠 뭐."

"그렇겠지. 난 도쿄 올림픽이 있었던 해 이후로는 이
고장을 떠나본 적이 없어."

"이 고장을 좋아해요?"

"자네도 말했잖아, 어디나 마찬가지라고."

"그렇네요."

"하지만 몇 년쯤 후에는 중국에 한번 가보고 싶어. 한번도 가본 적은 없지만 말이야. …… 항구에 가서 배를 볼 때마다 그런 생각을 하지."

"우리 작은아버지는 중국에서 돌아가셨어요."

"그래…… 많은 사람이 죽었으니까. 하지만 모두 형제야."

J는 내게 맥주를 몇 병 대접했고, 갓 튀겨낸 감자튀김까지 비닐봉지에 싸줬다.

"고마워요."

"천만에, 마음의 표시인걸…… 그나저나 모두들 눈 깜짝할 사이에 어른이 되는군. 자네를 처음 만났을 때는 아직 고등학생이었는데."

나는 웃으며 고개를 끄덕이고는 작별 인사를 했다.

"몸 건강히 잘 가."

J가 말했다.

8월 26일,이라는 가게의 달력 날짜 밑에는 이런 격언이

적혀 있었다.

'아끼지 않고 베푸는 자는 항상 베풂을 받게 된다.'

나는 야간 버스표를 산 뒤 대합실 벤치에 앉아 거리의
불빛을 바라봤다. 밤이 깊어감에 따라 불빛이 하나둘 꺼
지기 시작하더니 마지막에는 가로등과 네온사인만 남았
다. 먼 기적 소리가 희미하게 바닷바람을 실어 왔다.

버스 입구에는 승무원 두 명이 양쪽에 서서 버스표와
좌석 번호를 확인하고 있었다. 내가 버스표를 건네주자,
그는 "21번 차이나"라고 말했다.

"차이나?"

"그렇습니다. 21번의 C석, 머리글자입니다. A는 아메
리카, B는 브라질, C는 차이나, D는 덴마크. 이 녀석이 잘
못 들으면 곤란하니까요."

그는 그렇게 말하고 좌석 번호를 확인하고 있는 동료
를 가리켰다.

나는 고개를 끄덕이고 버스에 올라타서 21번 C석에 앉
아 아직도 따뜻한 감자튀김을 먹었다.

모든 건 스쳐 지나간다. 누구도 그걸 붙잡을 수는 없다. 우리는 그렇게 살아가고 있다.

39

이것으로 내 이야기는 끝나는데, 물론 뒷이야기는 있다.

나는 스물아홉 살이 되었고, 쥐는 서른 살이 되었다. 적지 않은 나이다. 제이스 바는 도로를 확장할 때 개축되어서 아주 세련된 술집으로 변했다. 그렇지만 J는 여전히 날마다 양동이 하나 가득 감자 껍질을 벗기고 있으며, 단골손님들은 옛날이 훨씬 좋았다고 투덜투덜 불만을 늘어놓으면서도 계속 맥주를 마셔대고 있다.

나는 결혼해서 도쿄에서 살고 있다.

나와 아내는 샘 페킨파 감독의 영화가 수입될 때마다 극장에 가고, 돌아올 때는 히비야공원에 들러 맥주를 두 병씩 마시고 비둘기에게 팝콘을 던져준다. 샘 페킨파의 영화 중에서 나는 「가르시아」가 마음에 드는데, 그녀는 「콘보이」가 제일 좋다고 한다. 페킨파의 영화 외에는, 나는 「재와 다이아몬드」를, 아내는 「수녀 요안나」를 좋아한다. 오랫동안 함께 살면 취미까지 비슷해지나 보다.

행복하냐고 묻는다면 그런 것 같다고 대답할 수밖에

없다. 꿈이란 결국 그런 것이기 때문이다.

쥐는 아직도 계속해서 소설을 쓰고 있다. 그는 몇 작품을 복사해서 매년 크리스마스에 나에게 보내준다. 작년엔 정신병원의 식당에서 근무하는 요리사의 이야기였고, 재작년엔 『카라마조프가의 형제들』을 바탕으로 한 코믹 밴드의 이야기였다. 변함없이 그의 소설에는 섹스 장면이 없고, 등장인물은 단 한 사람도 죽지 않는다.

원고지의 첫 장에는 언제나,

해피 버스데이,
그리고
화이트 크리스마스.

라고 쓰여 있다. 내 생일이 12월 24일이기 때문이다.

왼쪽 손가락이 네 개밖에 없는 여자와는 그후 두 번 다시 만날 수 없었다. 겨울에 그곳으로 돌아갔을 때, 그녀는 레코드 가게를 그만두고 아파트에서도 이사 가고 없었다. 사람의 홍수와 시간의 흐름 속에 흔적도 남기지 않고 깨끗이 사라져버렸다.

여름이 되어 그곳으로 돌아가면, 나는 언제나 그녀와 함께 걷던 길을 걷고, 창고의 돌계단에 걸터앉아 홀로 바다를 바라본다. 울고 싶을 때는 이상하게도 눈물이 나오지 않는다.

그런 법이다.

「캘리포니아 걸스」 레코드는 아직도 내 레코드 선반 한 구석에 있다. 나는 여름이 오면 언제나 그걸 꺼내서 몇 번씩 듣곤 한다. 그리고 캘리포니아에 대해 생각하면서 맥주를 마신다.

레코드를 얹어놓은 선반 옆에는 책상이 있고, 그 위에는 메말라서 미라처럼 된 풀 뭉치가 매달려 있다. 소의 위장에서 꺼낸 풀이다.

죽은 불문과 여학생의 사진은 이사하면서 잃어버리고 말았다.

비치 보이스는 오랜만에 새로운 앨범을 냈다.

멋진 아가씨들이 모두

캘리포니아 걸이라면…… .

40

마지막으로 다시 한번 데릭 하트필드에 대해 이야기하겠다.

하트필드는 1909년 오하이오주의 작은 마을에서 태어났고 거기서 자랐다. 아버지는 과묵한 전기 기사였고, 어머니는 별점 보는 일과 쿠키 굽는 일이 장기인 약간 통통한 여자였다. 음울했던 소년 하트필드에게 친구 따윈 한 명도 없어서, 그는 시간만 나면 만화책이나 싸구려 잡지를 탐독했고 어머니가 만든 쿠키나 먹으며 고등학교를 졸업했다. 졸업 후에 그는 마을의 우체국에 취직했지만 오래가지 못했고, 그 무렵부터 자신이 나아갈 길은 소설가밖에 없다고 확신하게 되었다.

그의 다섯 번째 단편은 1930년 『위어드 테일스』에 팔렸는데, 당시의 원고료는 20달러였다. 그 이듬해 1년 동안 그는 한 달에 7만 단어씩 써댔고, 그다음 해에는 10만 단어, 죽기 전 해에는 15만 단어를 써댔다. 레밍턴 타자기를 반년마다 새것으로 갈았다는 이야기가 전해지고 있다.

대부분의 하트필드 소설은 모험소설과 괴기물이며, 그 두 가지를 교묘하게 섞은 『모험가 월드』 시리즈는 그의 최대 히트작으로 전부 42편이나 된다. 그 안에서 월드는 세 번이나 죽고, 5천 명가량의 적을 죽이고, 화성인 여자까지 포함해서 전부 375명의 여자와 섹스를 한다. 그중 몇 편은 우리도 번역본으로 읽을 수 있다.

하트필드는 참으로 많은 걸 증오했다. 우체국, 고등학교, 출판사, 당근, 여자, 개…… 열거하기 시작하면 끝이 없다. 반면 그가 좋아한 건 세 가지밖에 없다. 총과 고양이와 어머니가 만든 쿠키다. 파라마운트 촬영소와 FBI 연구소를 제외하면, 그는 아마 미국에서 가장 완벽에 가까운 총기 수집가였을 것이다. 고사포와 대전차포 외에는 전부 갖고 있었다. 그중에서도 그가 자랑스러워한 총은 손잡이에 진주 장식이 붙어 있는 38구경 리볼버였다. 거기에는 탄환이 딱 한 발 장전되어 있었는데, "난 언젠가 이걸로 나 자신을 리볼버할 거야"라고 그는 입버릇처럼 말했다.

그러나 1938년 어머니가 죽었을 때, 하트필드는 뉴욕까지 가서 엠파이어스테이트 빌딩 옥상에서 뛰어내려 개구리처럼 납작해져 죽었다.

그의 묘비에는 유언에 따라 다음과 같은 니체의 말이
인용되어 있다.

한낮의 빛이 밤의 어둠의 깊이를 어찌 알겠는가.

하트필드, 다시 한번……

데릭 하트필드라는 작가를 만나지 않았더라면 소설 따위 쓰지 않았을 거라고까지 말할 생각은 없다. 그러나 내가 나아간 길이 지금과는 완전히 다른 길이었을 것만은 확실하다.

고등학생 때, 고베의 헌책방에서 외국 선원이 놓고 간 듯한 하트필드의 페이퍼백을 몇 권 한꺼번에 산 적이 있다. 한 권에 50엔이었다. 만일 그곳이 책방이 아니었다면, 도저히 책이라고 생각할 수 없을 만큼 낡은 물건이었다. 화려한 표지는 거의 떨어져 나갔고, 종이는 오렌지색으로 변색되어 있었다.

아마도 화물선이나 구축함에서 근무하는 하급 선원의 침대 위에 놓인 채 태평양을 건너, 까마득히 먼 시간의 저편에서 내 책상 위로 오게 되었을 것이다.

★

몇 년 뒤에 나는 미국으로 건너갔다. 오로지 하트필드
의 무덤을 방문하기 위한 짧은 여행이었다. 무덤이 있는
곳은 열렬한(그리고 유일한) 하트필드 연구가인 토머스 매
클루어 씨가 편지로 가르쳐줬다.

그는 편지에 이렇게 썼다. "하이힐의 뒤꿈치만큼이나 조
그만 무덤입니다. 그냥 지나치지 않도록 주의하십시오."

뉴욕에서 거대한 관 같은 그레이하운드 버스를 타고
오하이오주의 그 작은 마을에 도착한 건 아침 일곱 시였
다. 나 외에 그 마을에서 내린 승객은 한 사람도 없었다.
묘지는 마을 끝의 초원을 지난 곳에 자리하고 있었다. 마
을보다도 넓은 묘지였다. 내 머리 위에서는 종달새 몇 마
리가 빙글빙글 원을 그리면서 노래를 부르고 있었다.

하트필드 무덤을 찾는 데는 꼬박 한 시간이 걸렸다. 나
는 주위의 초원에서 꺾은 먼지투성이 들장미를 바치고
나서, 무덤을 향해 합장하고 그곳에 주저앉아 담배를 피
웠다. 5월의 부드러운 햇살 아래에서는 삶도 죽음과 마
찬가지로 편안하게 느껴졌다. 나는 드러누워서 눈을 감
고 몇 시간 동안 종달새가 지저귀는 소리를 들었다.

이 소설은 그런 곳에서 시작되었다. 그리고 어디에 도달했는지는 나도 모른다. "우주의 복잡함에 비하면 우리의 세계 따윈 지렁이의 뇌와 같은 것이다"라고 하트필드는 말했다.

나도 그랬으면 좋겠다고 바라고 있다.

★

마지막으로, 하트필드의 기사에 관해서는 앞서 언급한 매클루어 씨의 역작 『불임 별들의 전설』(1968)에서 몇 군데 인용했음을 밝힌다. 감사드린다.

1979년 5월
무라카미 하루키

부엌 테이블에서 태어난 소설

순서대로 하면, 『바람의 노래를 들어라』가 내가 제일 처음 쓴 소설이다. 즉 데뷔작이다. 그리고 이 작품으로 1979년 군조신인상을 받아 일단 작가로 데뷔했다.

이 소설을 쓰기 시작한 계기는 실로 간단하다. 갑자기 무언가가 쓰고 싶어졌다. 그뿐이다. 정말 불현듯 쓰고 싶어졌다. 그래서 신주쿠에 있는 기노쿠니야 서점에 가서 만년필과 원고지를 사왔다. 그리고 테이블에 앉았다. 대학을 졸업한 이래 줄곧 일에 쫓기는 나날이어서, 글자라고는 세금 신고 서류나 가끔 쓰는 편지를 제외하면 거의 써본 적이 없었다. 거드름을 피우는 게 아니고 정말 그랬다.

나는 옛날부터 작가는 아니더라도, 글 쓰는 일을 직업으로 삼고 싶었다. 하지만 학창 시절에 시나리오를 쓰려고 시도하다가(대학에서 연극을 전공했으므로), 결국은 제대로 쓰지 못해서, '내게는 그런 능력이 없나 보다'고 생각했다. 붓을 꺾었다고 할 만큼 심각한 것은 아니었지만, 별수 없지 않은가, 하고 포기한 것이다. 그후로는 내 나름대로 무리 없이 인생을 살았다. 일도 순조로웠고, 나자신도 일하느라 하루하루가 바빴다. 내가 만년필조차 갖고 있지 않다는 것을 내내 깨닫지 못했을 정도였다.

그런데 스물아홉 살의 어느 봄날, 진구 구장의 흙더미 외야석(그 당시에는 아직 좌석이란 게 없었다)에 누워 있다가, 문득 이런 생각을 했다. 재능이나 능력이 있든 없든, 아무튼 나 자신을 위해 무언가 써보고 싶다고. 그 옛날 뭔가 쓰려고 하면 느껴지던 부담감 같은 것은 전혀 없었다. 새로 사온 싸구려 만년필과 원고지를 테이블에 나란히 놓아둔 것만으로, 왠지 기분이 착 가라앉고 안심이 될 정도였다.

1978년은 야쿠르트 스왈로즈가 우승한 해다. 나는 봄에 쓰기 시작해서, 우승이 결정되기 전후에 완성했다. 진구 구장 바로 옆에 살고 있었기 때문에 곧잘 시합을 보러 다녔다. 야쿠르트는 29년 만의 첫 우승이었고, 나는 스물아홉 살이었다. 물론 마쓰오카도 선전했고, 와카마쓰도 그랬다. 그런데 그 시즌에는 후나다나 이세나 힐튼 같은, 이미 전성기가 지났거나 혹은 자질 면에서 일류라고 하

기 어려운 선수들까지 자기가 맡은 자리에서 크게 활약
했다. 모두들 열심이군, 나도 열심히 해야지,라는 마음가
짐으로 테이블 앞에 앉았던 기억이 난다. 매일 밤늦게까
지 일하고, 한밤중에 부엌 테이블에 앉아 맥주를 마시며
글을 썼다. 매일 조금씩 단락을 지어, '오늘은 여기까지'
란 식으로 써나갔다. 문장이나 각 장이 단편적인 것은 그
탓도 크다고 생각한다.

　다 쓴 후 군조신인상에 응모했다. 『군조群像』를 택한 것
은 한정 원고 매수가 내가 쓴 글과 비슷하다는 점도 있었
지만, 막연하게나마 이 잡지에는 새로운 것을 평가하는
부분이 있을지도 모르겠다고 느꼈기 때문이다. 나는 문
예지에 관해서는 전혀 몰랐는데, 책방에 서서 이런저런
잡지를 뒤적거리는 사이 그런 느낌이 들었고, 결과적으
로 이 선택은 옳았다. 만약 『군조』가 아니고 다른 문예지
의 신인상이었다면 당선이 안 됐을 거라는 소리를, 그 무
렵 다른 잡지 관계자로부터 흔히 들었다. 그런 의미에서
나는 운이 좋았다. 만약 이 작품으로 상을 받지 못했더라
면 나는 그후로 소설을 쓰지 않았을지 모르고, 썼다 해도
지금과는 상당히 다른 과정을 밟게 되었을 것이다.

　물론 그 당시의 문단(이랄까 문예업계)이 모두 이 작품을

좋게 평가하고 따스한 눈길로 받아들인 것은 아니다. 몇몇 사람은 『바람의 노래를 들어라』의 소설 양식을 지지하고 격려해줬지만, 이런 걸 소설로 인정할 수 없다는 분위기도 농후했다고 기억한다. 전체적인 분위기는 결코 긍정적인 것이 아니었다. 수상 후 처음으로 고단샤講談社를 방문해서 편집국의 높은 양반에게 인사를 했을 때도, "자네 작품에는 상당히 문제가 많지만, 아무튼 앞으로 열심히 해봐"라는 말을 들었다.

하기야 지금은 과연 이 작품에는 여러 가지 문제점이 있구나, 하고 나도 생각한다. 아니, 그 당시에도 그런 생각을 품고 있었다. 이런 게 아닌데, 내가 쓰고 싶었던 것의 3분의 1도 채 쓰지 못한 게 아닌가, 이다음에는 이보다 훨씬 더 잘 쓸 수 있겠지, 하고 말이다.

변명할 마음은 없지만, 『바람의 노래를 들어라』는 처음에도 말했듯이 아무 생각 없이 쓴 소설이다. 그것이 이 소설의 장점이기도 하고 문제점이기도 하다. 이런 점은 소설적 테제로는 성립한다. 하지만 소설로는 어딘가 좀 불충분하다. 그것은 동전의 양면이다. 어느 한쪽만 언급하는 것은 별 의미가 없으리라 생각한다.

당시 이 소설을 새로운 소설적 테제로 평가한 비평도

있었고, 소설로서의 불충분함을 공박한 비평도 있었다. 그러나 개인적으로는, 모두 종합적인 비평으로는 부정확하다고 생각한다. 이 소설은 테제이기 때문에 불충분하고, 불충분하기에 테제로 성립할 수 있었던 것이다. 어느 한쪽을 제거하면, 다른 한쪽이 성립하지 않았으리라고 생각한다. 물론 당시에는 테제를 쓸 작정이 아니었다. 내 기분을 그저 정직하게 문장으로 환치하고 싶었을 뿐이다.

그런데 작업을 진행해나가는 사이, 정직하게 쓰려고 하면 할수록 정직하지 않은 문장이 된다는 것을 깨달았다. 문장을 문학 언어적으로 복잡화·심화시키면 시킬수록, 거기에 담기는 생각이 부정확해지는 것이었다. 요컨대 나는 언어의 이차적 언어성에 의존하여 문장을 썼던 것이다. 이래서는 안 된다고 나는 생각했다. 그것은 내가 바라는 바가 아니었다.

피츠제럴드는 "타인과 다른 뭔가를 이야기하고 싶어서"라고 어느 편지에 썼다.

"타인과 다른 언어로 이야기하라."

나는 이 소설을 쓰면서 곧잘 그 말을 떠올렸다. 그렇다, 나는 타인과는 다른 무언가를 말하고 싶었다. 아무도 사용하지 않은 언어로.

나는 좀 더 심플하게 쓰자고 생각했다. 지금까지 어느 누구도 쓰지 않았을 정도로 심플하게. 심플한 언어를 쌓아, 심플한 문장을 만들고, 심플한 문장을 쌓아, 결과적으로 심플하지 않은 현실을 그리는 것이다(그후 레이먼드 카버를 번역하면서, 그가 하고자 하는 것도 나와 같은 시도가 아닌가 하는 느낌을 가졌다).

그러기 위해서는 어떻게 하면 좋을까? 가능한 한 문장을 심플하게 하기 위해, 나는 실험적으로 처음 몇 페이지를 영어로 써봤다. 물론 나의 영어 실력이야 뻔했다. 고등학생의 영작문 정도로 치졸했다. 하지만 쓰고자 하면 정말 기초적인 심플한 어휘만으로도 문장을 쓸 수 있다는 발견은, 내게 큰 수확이었다. 그것은 분명 하나의 테제다. 그러나 그때는 그것이 테제로 성립할 수 있다고는 꿈에도 생각지 않았다. 그렇지, 이렇게 쓰면 되겠구나, 제법 문장이 되는구나,라고 생각했을 뿐이다. 내게 그 점은 매우 신선한 발견이었다.

그런 식으로 이 소설에는 콜럼버스의 달걀이 몇 개 숨겨져 있다. 나중에 다시 읽어보니(정직하게 말해 다시 읽기가 상당히 괴로웠다) 그런 생각이 들었다. 그것은 내게도 콜

럼버스의 달걀이었고, 다른 몇몇 사람에게도 콜럼버스
의 달걀이었다.

『바람의 노래를 들어라』가 출판된 후에, 주변의 많은
사람들이 내게 이런 말을 했다. "그게 소설이라면 나도
그 정도는 쓸 수 있다"고. 나 또한 그렇게 생각한다. 이
작품이 소설로 통용된다면 누구나 그 정도는 쓸 수 있을
것이라고.

그러나 적어도, 그런 말을 한 사람 어느 누구도 소설을
쓰지 않았다. 아마 써야 할 필연성이 없었던 것이리라. 필
연성이 없으면—가령 쓸 수 있는 능력이 있다 해도—아
무도 소설 따윈 쓰지 않는다. 그런데 나는 썼다. 그것은
역시 내 안에 그럴 만한 필연성이 존재했다는 뜻이리라.

『바람의 노래를 들어라』가 최종 심사에 올랐다고『군
조』편집부의 M씨가 알려준 날의 일을 지금도 또렷이 기
억하고 있다.

이른 봄 일요일 아침이었다. 나는 이미 서른 살이었다.
그 무렵에는 신인상에 응모했다는 사실조차 까맣게 잊
고 있었으므로(송고를 한 것은 지난가을이었다) 전화가 걸려
와 최종 심사까지 올라갔다는 말을 들었을 때는 어처구
니가 없었다. 그리고 무척 기뻤다. 나는 작가가 되어 여

러 가지 기쁨을 경험했지만, 그때처럼 기뻤던 적은 한 번도 없다. 정작 신인상을 받았을 때도 그처럼 기쁘지는 않았다.

전화를 끊고 아내와 산책을 나갔다. 센다가야 초등학교 앞에서, 날개에 상처를 입어 날지 못하는 비둘기를 발견했다. 나는 그 비둘기를 두 손에 감싸 들고 하라주쿠까지 걸어가서, 오모테산도 파출소에 신고했다. 내내 비둘기는 내 손안에서 파르르 떨었다. 그 아스라한 생명의 증거와 온기를 나는 지금도 손바닥으로 선명하게 느낄 수 있다. 귀중한 생명의 향기가 사방에 충만한 따사로운 봄날 아침이었다. 신인상을 받겠지, 하고 나는 생각했다. 아무 근거도 없는 예감으로.

그리고 나는 실제로 상을 받았다.

村上春樹

무라카미 하루키가 군조신인상을 수상하며 화려하게 등단하게 한 작품 『바람의 노래를 들어라』는 쉽게 읽히고 읽은 후의 느낌이 상큼하다는 평을 받고 있다. 이 데뷔작은 하루키 초기 4부작(『바람의 노래를 들어라』, 『1973년의 핀볼』, 『양을 쫓는 모험』, 『댄스 댄스 댄스』)의 제1탄으로서 리드미컬하게 다음 작품으로 연결시켜주는 고리 역할을 한다.

이 작품은 1970년 8월 8일에 시작해서 8월 26일에 끝나는 18일간의 이야기다. 1970년 여름, 도쿄의 대학에 다니는 스물한 살의 '나'는 방학을 맞아 고향인 항구 거리로 돌아와, 특별히 하는 일 없이 대부분의 시간을 친구 '쥐'와 맥주를 마시며 바텐더 J가 경영하는 제이스 바에서 보낸다. 대학을 중퇴하고 고향에 돌아와 있는 '쥐'와 '나'가 공유하는 공허감을 메우기 위해 둘은 맥주를 계속 마셔대는 것이다.

어느 날 '나'는 제이스 바의 화장실에서 술에 엉망으로 취해 쓰러져 있는 여자를 발견해 집까지 데려다준다. 그 이후 '나'는 한쪽 새끼손가락이 없는 '그녀'와 친해져 함께 술을 마시거나 식사를 하거나 하지만, 내면적으로는 그녀에게 접근하지 못한다.

한편 '쥐'는 무거운 고민거리를 안은 채 시간을 보낸다. '나'와 '그녀' 그리고 '쥐'는 각자 갈 곳 모르는 고립감을 안고 있으면서도 아무런 행동도 하지 못한다. 그저 서로에게 적당한 거리를 두면서 무관심할 뿐이다.

여행을 간다며 모습을 감추었던 '그녀'는 일주일 후 나타나 사실은 낙태 수술을 받았다고 '나'에게 털어놓는다. 그리고 8월이 끝나갈 무렵 '나'는 J에게 작별 인사를 하고 고향을 뒤로한다.

무라카미 하루키는 상실한 '무엇'을 그리고 있으나, 그것이 정확히 무엇인지는 드러내놓고 이야기하지 않는다. 단지 바닷바람이나 여자의 머리카락에서 풍기는 헤어 린스 냄새, 떠나버린 가족, 죽은 여자 친구, 돌아갈 곳이 없어진 자리와 같은 여러 가지 소품과 에피소드를 통해 상실의 이미지를 반복적으로 각인시키고 있을 뿐이다.

그의 작품을 접할 때마다 무라카미 하루키는 정말 세계적인 작가라는 사실을 새삼스레 실감한다. 그리고 어떤 의미의 틀을 적용하며 그의 작품을 이해해야 할까, 그가 우리와 공유하려는 상실감은 어떤 식으로 표출되고 있을까, 하는 기대감에 마음 설레며 번역 작업에 임한다. 이번에도 예외는 아니었다.

번역하는 동안 이 작품은 그의 다른 작품들과 달리 간결하고 평이하게 써졌다는 것을 느낄 수 있었다. 자칫하면 무겁게 다루어질 주제 의식을 가벼운 터치로 그려 나간 것이다.

역자로서 무라카미 하루키의 초기 작품 세계를 좀 더 확실하게 이해하고 싶어 하는 독자들에게 이 책을 권한다. 무라카미 하루키가 더욱 친근한 작가로 다가올 수 있을 것이라고 믿기 때문이다.

바람의 노래를 들어라

1판 1쇄 2004년 5월 4일
2판 1쇄 2006년 4월 20일
3판 1쇄 2024년 6월 18일
3판 3쇄 2024년 10월 30일

지은이　무라카미 하루키
옮긴이　윤성원

펴낸이　임지현
펴낸곳　(주)문학사상
주소　경기도 파주시 회동길 363-8, 201호(10881)
등록　1973년 3월 21일 제1137호

전화　031) 946-8503
팩스　031) 955-9912
홈페이지　www.munsa.co.kr
이메일　munsa@munsa.co.kr

ISBN　978-89-7012-595-4 03830